U0697124

Treasures for Scholars Worldwide

三管英靈集

④

桂學文庫·廣西歷代文獻集成

潘琦 主編

廣西師範大學出版社
GUANGXI NORMAL UNIVERSITY PRESS
·桂林·

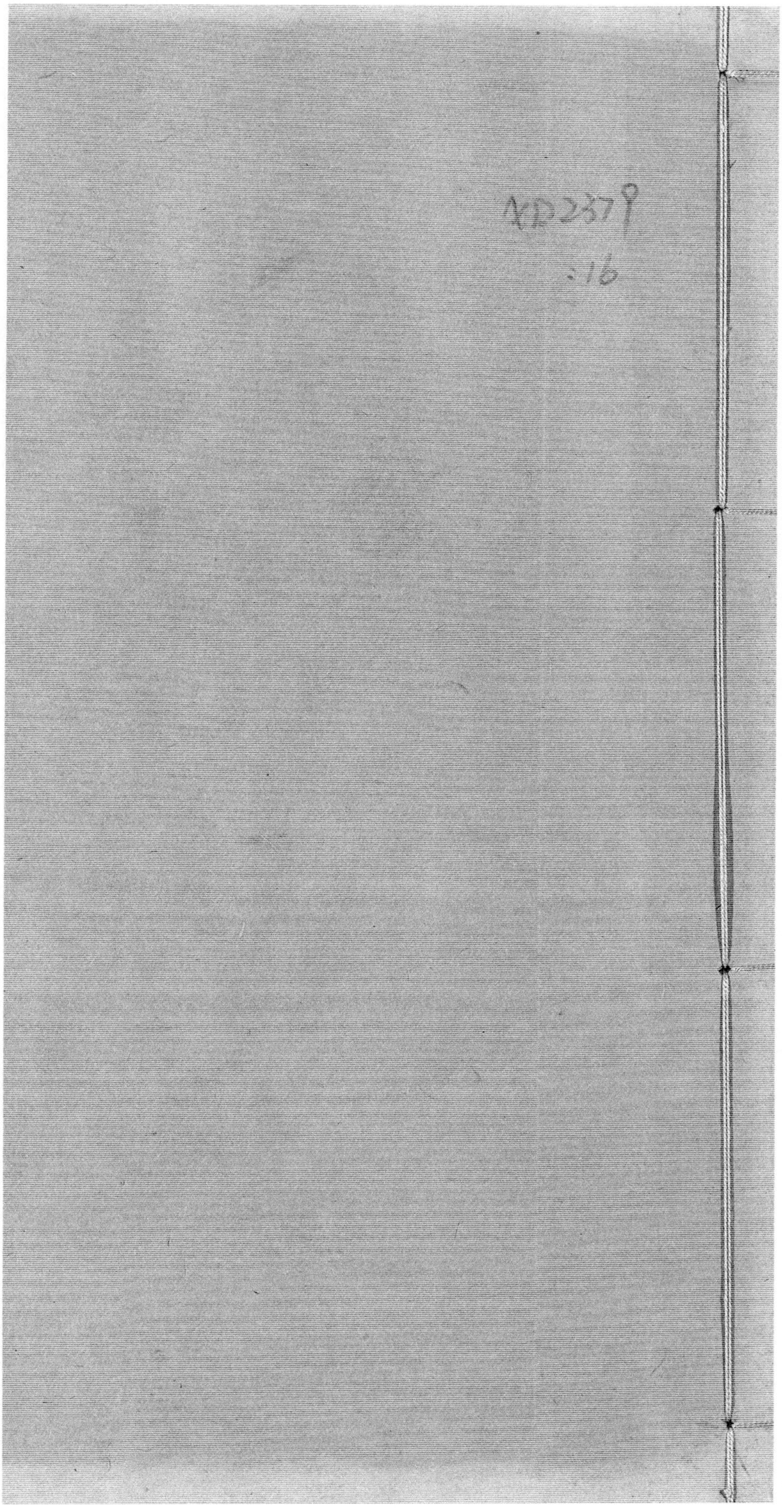
XD2379
:16

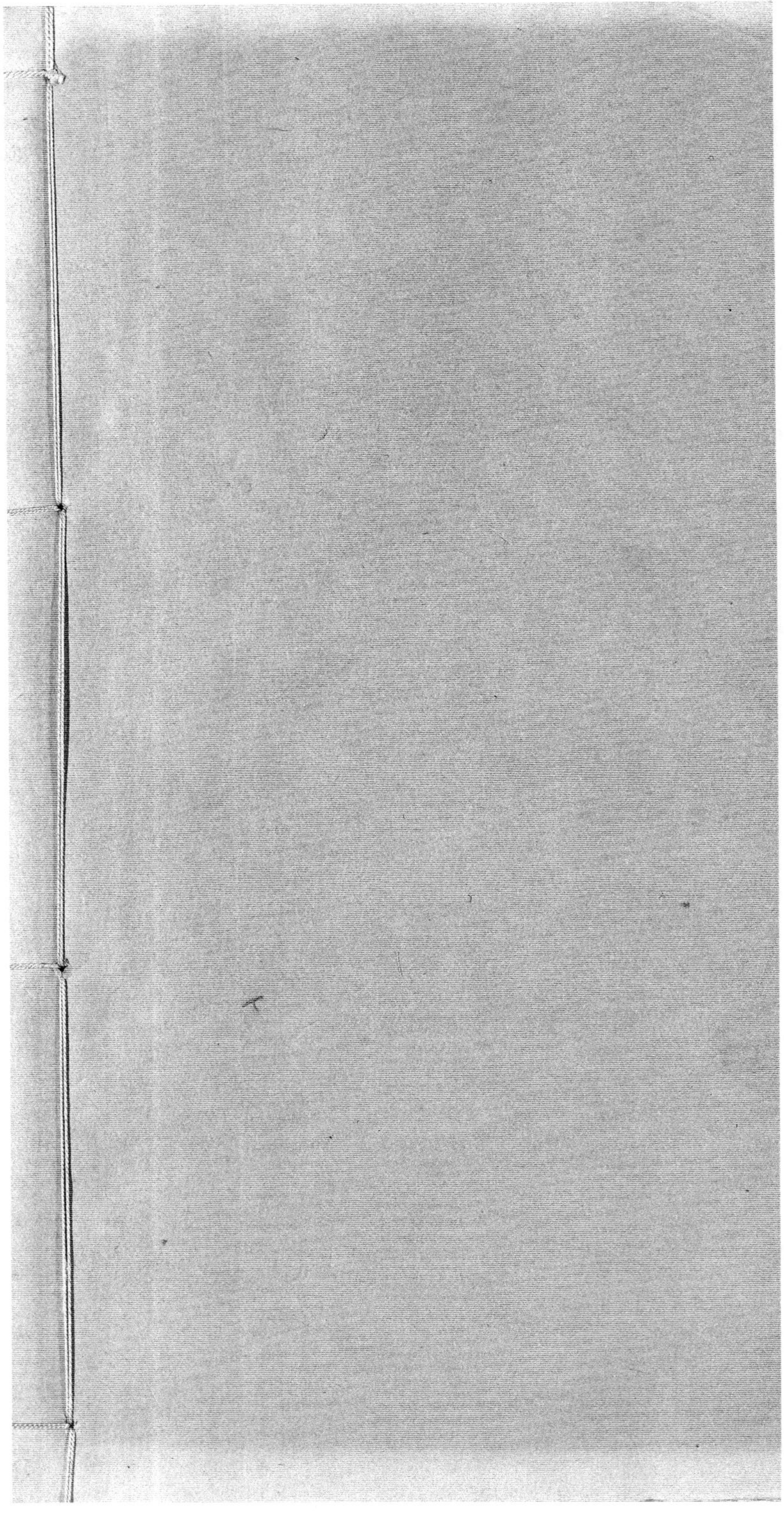

抄

三管英靈集卷四十三

福州梁章鉅輯

葛東昌

東昌字曉山宣化人嘉慶十四年進士官江西崇仁縣知縣有曉山雜稿

涼秋玩月

雨過秋雲淨閒庭月正佳井梧飄落葉籬豆長新花斷續鳴寒杵淒清咽暮笳未歸憐客燕相對話天涯

赴龍州書院舟中作

涉歷江湖慣舟中已當家隔雲看遠岫夾岸賞殘花瓦罐
童炊飯泥爐自煮茶微吟時擁鼻不計去程賒

白蓮

風裳氷佩玉丰姿濯濯凌波見一枝日暮寒塘何所似卓
文君賦白頭時

余明道

明道字學濂永淳人嘉慶十四年進士官太平府教
授有愚谷牕吟

旅夜

抄　抄

無限飄零思孤燈掩竹扉秋風一夜起游子幾時歸蛩語繁依砌霜華凍上衣床頭明片月曾否照慈幃

夜泊梧州

獨客渺孤舟蒼梧起暮愁銀河今夜月幾處倚高樓殘酒三更夢鄉心九月秋高堂新白髮書劍尚飄遊

灘江雜咏

三百六十灘灘邊萬仞山舟行水石裏人老道途間雲白連諸嶠天青入百蠻莫徒嗟蜀路作客總艱難

江流經幾轉倏忽送舟歸山勢爭雲起灘聲夾雨飛人居

深竹鳥鶴下釣魚磯閲盡風波險深憐壯志非

方下龍門險頻驚動地雷江衝山腹出船擲石巓來怪木

荒山廟危磯古砲臺萬峯爭送客宿霧一時開

漸近昭潭地真從巴蜀還淚平初出峽雲暗更無山秋寺

餘黃葉空江下白鷗灘邊飛不去不斷水潺潺

郭外停舟晚灘邊亂溜聲野寒歸客艇暝色入山城欲雨

林疑密微風夜自清榜人還共語江路尚難行

送蘇孟侯同年侍尊人廣文觧組旋里

離筵臨古道落照大江邊把袂翻無語相看各黯然獨依

楊栁岸遥望木蘭船歸去林泉下南陔早著篇

舟過赤壁

會獵書來後東風一刬休孫曹爭戰處日夜漢江流帆影懸斜日櫓聲搖野鷗無窮今古意鼓浪去悠悠

山家

數家存太古幽寂不勝情雲過溪無迹雨來蕉有聲橋橫春水漫屋帶石林清白日柴門閉午雞時一鳴

秋夜有懷黄赤夫

滿庭葉落打欄干兀坐秋涼旅客單賦擬相如還賤賣琴

無楊意不多彈影低斜月星河迴響逼殘更蟋蟀寒言念故人猶市隱西風蕭槭思無端

袁昭敬

昭敬字仲山平南人嘉慶十五年舉人官訓導

和張明府春日山村訪黎孝廉不遇

蜆旌到處喜逢春邐迤花溪訪故人十里山光青冉冉一灣溪漲碧粼粼杖鳩跂望知官好竹馬歡迎識化淳豈是踰垣辭物色高軒空踏草如茵

周震青

震青字旭初臨桂人嘉慶十五年舉人官直隸艮鄉縣知縣

聞鴈

客牕倚枕聽秋盡鴈南飛江上楓初落天涯人未歸夢啼關塞冷旅食稻粱肥尺素經年絕蹉跎寄慰稀

古寺

山空餘古寺荒廢舊柴荆篆跡碑心沒苔紋佛頂生僧閒應見性樹老不知名夕照明歸路鐘聞隔水聲

朱庭標

庭標原名應詔字立夫臨桂人嘉慶十六年進士官
國子監學正

溪上

乘興步溪水溪深不可越褰裳弄清流隨手得新月沿溪
三五步月在前村樹烟散叢薄間宿鷺背人去

山居卽事

雨餘夏氣涼山空樵斧響側耳聽歌聲微風度林莽蕭然
萬慮息蟬韻復高閧科頭倚長松閑雲任來往

灞橋柳

自古銷魂地青青尙滿枝可憐千萬縷總是別離思落日飛鴉亂征人去馬遲年來厭行役見爾故低垂

浴日亭

海岸春山綠幾堆孤亭遥對海門開白呑大地潮初上紅閃長空日欲來蜃氣降波浪静帆檣風穩鳥夷回爲尋唐宋留題處小立碑陰剔古苔

羊城舟中雜詠

蒲帆曉掛瘴天低隔岸丹楓入望迷峽雨未來山頂黑蒼雲木鷓鴣啼

蔣卜德

卜德字瑶圃灌陽人嘉慶初諸生有懷忠堂稿

十一月二日曉起書

我生何草草臥起心猶悸辭親來海濱望雲耿天際連宵不成眠忽向慈闈侍似訝遊子還頗覺慈顏慰慈親七旬餘日幾嗟予季江湖行路難苦道家爲累饘粥無薄田菽水有眞味弗念倚閭頻恐使寸心昧一聲何寺鐘驚我羈魂碎

舟送研農弟還姑蘇至全州賦贈

春風生嶺海鳴雁復高翔送子不能隨攬衣起傍徨與子
況同氣別離昔所傷子年方强仕所志在四方大翼已豐
滿培風恣飛揚嗟余忝先德賴子綿蒸嘗族中謀建家廟研農歸始成
此行功名遂跂足以相望
相見會有期相思渺何處遲日麗湘波送子從茲去願子
行自愛嗟余已遲暮天際望姑蘇白雲顯先壟春林叔暨諸先塋在吳門外
念此益傷心淚下不能語且盡盈觴酒聊以寄遐慕
子行我獨旋煢煢等白兔

貞孝引

興安趙氏女名文繡因兄病廢不字以養母爲作琴操

七解

越嶠有木慈烏是集兮相覆以羽相哺以食兮
嗟嗟女子瞻依膝下兮維此深閨疇其永處兮
弟克永處兮父母之命嗟予親其疇恃兮兄廢以病
漆室憂國兮木蘭從征我思古人兮匪博令名
逝竭予力兮父母之身豈無梁鴻兮遑顧我親
脊令兮在原羔羊兮跪乳生我如何兮而曰男女
朵朵白華悠悠我思兮疇其煦汝眷此春暉兮

越秀山

城角五層樓樓高出雲表梵宇不相讓飛甍益縹緲與來躡風磴放眼滄溟小連山走頹波如萍散鬱島秋色海上來新涼滿懷抱緬維鴻荒初俯闞亦池沼細流積混茫壯觀入綿邈烟荒朝漢臺草塞呼鑾道須臾越漢事欲問無遺老我生志五嶽婚嫁苦不早及茲暢雄襟一嘯破煩惱願把浮邱袂浮邱公鍊丹處在城西南一里且索安期棗安期生居白雲山之蒲澗左右如有逢執鞭事幽討

上灘戲爲長短吟

練灘高馬灘長雪浪奔騰不可當岸上牽繩列雁行船上持篙聲高揚前者呼後者應有如奔豕就縛嘶斷腸行路之難難如此灘頭行客何曾已

新灘

衆山奔趨一川奔犬牙交錯成限門中有鉅石猛獸蹲參差隱見不可捫怒流激石磔口喧疾雷破山顛乾坤拍空浪湧如浮雲觀者喘恐驚心魂我舟欲進百丈牽指顧首尾相縈援榜人伐鼓聲闐闐長年鼓柁愁無言極力排浪穿雲根出險相慶方爲人回顧來船敢笑顛戒爾行李珍

爾身我昔遠溯波沄沄馬灘練灘何足云扣舷且歌行路難奈何難如上青天趨勢趨朝各有因壯遊那得辭險艱故人招我青雲端欲往從之心旌懸遊目要據峨眉巔今日聊將蔗倒餐

松仙巖

怪石嗔烟裏驚風秋葉飛水仙瓊玖佩山鬼薜蘿衣濯足弄明月抱琴辭釣磯洞門隔江樹燈火漸依稀

同周二成之自西山夜歸

探奇興不盡攜手忽逡巡沓暗疑無路林空若有人泉遙

聲斷續石近影嶙峋去去知何處峰迴月色新

瀏陽道中懷張二得中

雨止風猶急途長心自驚歸雲疊莫嶺落日動秋城野闊孤蓬轉天高一雁鳴遥憐九溪客吟望亦含情

初度前一日舉一孫

明發又初度居然抱一孫詩書寧悞我弧矢且懸門襁褓思前事劬勞念至恩慈顔重有喜窮達不須論

苦瓜

豈謂瓜名在偏稱錦荔支世人取形似吾道復奚疑甘苦

誰深辨炎涼性不移長應佐藿食風雨暗茅茨

晚次九江望琵琶亭

擬據五峯頂回看九派流風潮誰送客燈火夜維舟明月孤亭迴危欄碧樹幽何須問遺事琴筑四山秋

夜宿細峽

漁燈隔烟渚望望影迷離水落舟行曲山高月上遲離家曾幾夜作客異當時親老嗟行役從茲淚暗垂

水明樓晚眺

日落江天迴層樓晚氣孤村烟橫浦漱漁火出菰蒲雲樹

帆檣集風霜客路紆那堪回眺處相哺噪林烏

香櫞

碩果此經眼余懷天一方開顏中酒後搓手素琴旁久客耐高枕終宵聞妙香長憐故山曲歲歲飽風霜

湘江夜雪

推篷此長望大雪夜漫漫風急吹燈滅江空過影寒斷猿遙度澗宿鷺暗移灘何事湘源曲芧廬未卽安

秋原晚眺

風急高原莫秋深過雁稀澗鐘催月上海霧挾山飛親老

身猶客天寒線在衣茫茫烟水外憶送幾人歸

七月二十九日家書至得王氏姊凶問

客舍家書至猶言姊氏歸經年幾見面忍淚亦沾衣靡學今誰習頻遊昔已非秋風北原上腸斷脊令飛

苦節今如此天心亦可疑秋霜凝井臼夜月冷機絲入夢貞魂在御山落日遲叮嚀語吾子忍遣北堂知

聞家五叔春林先生病

叔也親傳語思余奈遠何夢魂頻恍惚心事兩蹉跎宦拙身偏累年衰病轉多竹林雙淚眼相望渺烟波

秋夜不寐

蟋蟀何多感宵征語未停霜華侵鬢白雨氣逼燈青寂寞
思終古浮沉困一經長謠衾枕側倦眼幾曾醒

海豐道中遇念香使回却寄

去也情猶眷筍輿聊晚征斜陽平野盡客路萬山橫茂宰
正修武隣封方用兵綈袍重解贈慚愧老書生

曉發江戍

畫角聲猶咽椰鳴別戍樓推篷看月墜欹枕溯江流客久
親孤劍天寒戀敝裘百年吾有事那得似汀鷗

全州道中

不倦清湘道籃輿幾往還涼風木葉鋪地名疎雨石門山曲徑灘聲轉林深鳥語閒不臨潭水照恐見鬢毛斑

題戴表兄依聞墓碑

依聞余舅氏遺腹子年三十六卒葬北郊配莫氏守志一子晃亦夭以遠宗子爲嗣力持門戸四十年歿而合葬嗣子宗余戚也請書其碑陰

此日埋貞骨當年隕少微遺孤曾不置坏土意同歸搔首天難問迎風淚獨揮試看雙白鶴環繞墓門飛

吾兄遺腹子嫂亦斷機人慷慨承姑志艱難續世因夜臺
魂自慰浮世事休陳落日西原莫題碑實愴神

出峽

一舸從天下崩騰積水中隨山惟捩舵破浪不關風怪石
盤渦伏悲笳野戍通爲誰艱險路辛苦逐飄蓬

琴臺

長風萬里撼琴臺吳越蒼茫首重回拂檻春陰諸嶺動挂
天帆影五湖來流雲似夢凝空外豔雪無聲落澗隈太息
梧宮初到日攻愁好是嶧山材

陶公祠

清談不事濟時才遺像今瞻楚水隈日月遙懸運甓處風雷猶隱射蛟臺功存帝室揚舲就夔斷天門折翼回鳶寵溪毛疑舊史八援豈爲太真來

鸚鵡洲

鸚鵡西飛楚水清斜陽芳草滿堤明論交四海誰文舉釃酒空江問正平詞賦幾人心感激漁陽疊鼓氣縱橫阿瞞黃祖今安在江漢悠悠萬古情

輓拙園先生

更欲從誰是東瞻泗霄別來異生死腸斷失儀型往者
邀揮軫懸崖爲結亭納涼方扎脯就餐忽南溟藥苑仍同
㮰烏庭擬聚星致君心最赤與物眼恒青海嶠時延賞鄰
封偶不寧練兵資蕩寇提劍投趨庭遊子將回馭元戎已
勒銘馬頭黃葉散鵬際白雲停契闊頻搔首推敲早忘形
樗存憨散木椿老祝修齡豈愛驢鳴作俄驚蝶夢醒遺編
無禪草傳世薄元經時憶瞻依永先生廬墓四十餘年顏其室曰永瞻人欽
草木馨行歌戛金石搖筆走雷霆經緯窮星象山川括地
靈天人辨毫髮述作先生著易貫洪範参解律呂参解古詩注楚辭注各有圖說啟沈

冥道氣山含玉名言水建瓴深期沛霖雨不朽托帥當盛業寧徒劉真源自昔渟駒鳴恩遠道鳳翥集彤庭不盡承顏樂爭禁愛日瞑駐遊懸　帝里高卧騰林垌徑絶觸松鹿齋存堆案螢敵琴塵漠漠蕪竹露洽洽歸櫬穿烟瘴中途感眷令客來應白鶴價長幾青萍卸止山元在殘生戸且扃會看私謚出編簡共晶瑩

春日登夔州城眺望寄念亭

古色滿夔巫蒼茫問舊都井中躍馬帝天際卧龍圖峽轉帆檣隱烟消壁壘孤龍蛇禹廟蟄雲雨楚宮蕪棧道遥臨

鄭巴江近入吳漢家終始地騷客往來趨覽蹟情何限憑高意獨紆壯遊頻汗漫少日飽艱虞奔走成何事風霜老腐儒呻吟尚見女萍梗又江湖客淚寗猿嘷鄉心任鳥呼乾坤此名勝俯仰足歡娛況指飛雲閣在南川高臨賣酒壚人慚草堂寓花愛蜀江敷山郭看春麗琴軒置酒無客懷君欲見擬更續巴渝

江上送客

攜手更何日揚舲此急湍莫輕揮別淚恐益水聲寒

消夏雜韻

林靜鳥聲閑綠陰滿溪閣時有妙香聞風吹棗花落

富春道中

磷磷白石湖危灘兩岸壓篷空翠寒雨過遠林峯缺處紅霞一抹鏡中看

百道飛泉瀉翠屏溪流環合樹冥冥篷窗夜半衾裯冷卧看青天認客星

十六夜宿黃灘汎

孤篷纔定起還低風緊灘頭浪拍堤何事領猿渾不寐伴人終夜盡情啼

峽中雜咏

近鄉猶怯野猿鳴可似巴東作客情投跡無端四千里夜來親聽第三聲

買得雙魚幾費猜素書傳合自蘇臺上年得四弟蘇州書有欲來川之意秭歸東望三千里或趁寒潮半夜來

重過雲陽縣

來時記得淚沾裳聽盡猿啼巫峽長返棹不辭歸路險杜鵑聲裏下雲陽

舟夜理琴次存齋韻

水窗夢覺夜漫漫燈下橫琴起自彈彈到剌船人去後烏啼月落萬峯寒

不寐

歲暮天寒路幾程吳山粵嶠兩關情篷窗一片湘東月何事窺人到五更

抄

三管英靈集卷四十四

福州梁章鉅輯

呂璜

璜字禮北一字月滄永福人嘉慶十六年進士官浙江杭州府同知有月滄詩文集

示經古書院諸生三首

古人貴通經所貴在致用近人務說經乃務以譁衆羣經述作殊大旨條貫共漢唐牋注家談言祇微中宋賢炳薪傳道積鑒斯洞論足周聖涯亦足醒昏霿奈何蒽瑣流嚚

然復聚訟黨護故紙堆張漢而抑宋瓦礫偶拾取涙詡怪石供供之猶自可持作彈丸弄豈知仁義府高堅屹不動將爲古文章漢唐多可宗北宋有作者亦復稱豪雄其義根六經其語差雷同學詩溯漢魏千九百年中師資轉益多畢竟將安從取法必最上超超自行空老氏貴知希詩文理常通人世交口譽境地知未崇果且進於古笑譏或易叢倘求合於人古音聽誰聽

嶺西少藏書亦少專巳儒轉恐裔於義或病稽古疎著述矣天籟不受繩墨拘專集凡幾家未恢宏遠模大府幸鑒

此首關博雅途汎濫極瀛海因之識歸墟咸韶有正聲豈容雜笙竽終期收遠名始亦慎所趨伊余愧薄劣況久風塵驅謂我比老馬我材實蹇駑平昔憶交遊談藝時不孤卑聞或多矣分餉心區區

贈邱雲橋茂才 善指書名斌天台人

作書貴中鋒所貴在渾厚畫沙與印泥此意妙難剖咄哉邱夫子字如鐵絲糾毛錐棄不用奇氣咸其拇染指何淋漓潑墨每數斗捷疾風雨飛鬱屈蛟蛇走豈惟心不稽並亦忘其手有時嚴矩規往往貌虞柳點畫波磔間毫髮未

肯苟古人出新意頗亦羞墨守紛紛競姿媚乃以偃筆取
與君試論量笑我徒有口

題斷釵圖

湯參戎貽汾之父與竹先生死難臺灣其母楊太宜人
廢詩不吟後參戎官楊州太宜人以釵斷口占二絶句
參戎濳錄之繪爲圖也

孤鳳澁高韻悽絶時一吟朱絃脫舊軫斷後留餘音音亦
不求賞寂歷鏘瑤林吟亦誰與和但傷雛鳳心玉釵本無
瑕比德良所任相將罹患苦瑩潔清素襟嗟哉展衣榮搔

首常不禁中道釵忽折如碎當年琴摩挲動百感淚雨翻涔涔長歌破詩戒詩罷愁雲霧緬彼中澤哀尚知求遺簪物故不可忘此意匪自今柏舟咏兩髦儀特懷思深思深豈異人古調同愔愔承家有賢子磊砢維國琛夙禀畫荻訓學海探千尋手澤巾箱遺與竹先生僅存棄稿五十首寶之逾璆琳新詩脫口授什襲雙南金附刻棄稿之後父兮忠孝魄與竹先生隨父在鳳山任遇賊同殉焉文采憂將沈母兮節義昭彤管舉世欽安得輶車采垂為女史箴琚瑀千秋光渺然天姥岑

湖上晤詩僧小顛卻寄

我聞阿師名未識阿師面昨赴湖上招俗慮稍已蠲撥雲步山陲闖然見所見禮數刪支離談諧雜笑粲野鶴白昂藏何處著鬟絆相從過蔀店聊弛行腳倦玉版同一參清罇倒無算指點禪龕深隱隱出叢灌磵竅復且幽曲磴陟山半竹影亞花搖一路拂凌亂到門各振衣輕嵐霏片片開軒面全湖湖光入簾幔老此竟何得未必據經案唯餘酬和詩琳壁百千萬我生似傀儡詩作絲繩貫逢場舞竿木開口言每譋一落文字詮無乃竹篦喚

方治谿士淦太守以所藏五湖長玉印搨本索詩爲

題其後 印紐作吉羊形

照眼何璘瑞入手劇温潤誰截水蒼玉刻此方寸印姓字既弗鐫爵里安可問自署五湖長令人想高韻子瞻昔守杭復典潁川郡西湖迭管領攬勝適所願作長雖自嘲其言婉而巽豈如南郡公徒以貴胄進抗懷九州伯傲睨寫懷愿使君今子瞻美政起民困治湖歲盈五頌功名逾萬茲印今歸君君幸寶藏慎是李與非李相傳印乃前太守李堂故物且置勿復論古人琢印紐約窾取其迅龜藏虎則威義各有所近吉羊徵吉祥占驗倘可信況君玉比德磨礲本不磷

太湖三萬頃早與洗濁溷他日佩印遊名山揖千仞魑魅
魍魎蒐百怪走且遁

題雲中江樹圖呈林少穆先生 則徐

觥觥提刑公恩以明慎積潦災閭澤滂勾吳頌聲猋肸歲
被麻衣失恃成毀瘠苫廬既遄返負土營厚窆方今 聖
化翔四海偃金革奪情古有之變禮非所式駭聞淮陽閘
金隄潴洞砉將使狂瀾迴當爲瓠子塞 帝命求賢良熙
乃丕丕績大僚咸薦公 簡在 聖心懌 溫詔下九天
投艱匪授職曲體微臣衷讀之動肝膈我公杖而起再拜

涕雲臆　天獎驚難酬河患念孔追漢臣昔負薪今亦同此役走障大川東誓竭寸心赤暮春我公來疾馳武林驛深秋我公歸錢江水澄碧半載依河滸五夜殫麾畫瑪流還舊觀築埭鞏磐石斯行匪不虛循禮況無斁公昔治浙時與民同休息翹秀歸栽成寮吏荷埏埴力扶大雅輪重煥古賢迹今茲衣上塵西湖偶一滌悤悤遂張帆遙指白雲白遺愛樹婆娑拜送車絡繹風定江不漪煙橫日將夕扁舟澹畫本輕嵐弄曉色衆鳥紛投林斥鷃亦斂翼蓬蒿稱卑棲雲天感離逖此意難爲傳披圖尚歷歷

次韻答陳穆堂 名逢衡 揚州人

日夕秋已至高樹涼先吹日午秋又失殘署驕難迴有友期不來 毛生甫約春間遊杭不果 關心時屢移忽發一紙書與飛雲水湄為言陳正字投分請勿疑清風入我帷倒屣將迎之高軒昨見過談笑散珠玉贈我白雪吟謂我倘識曲循誦良津津豈厭百反復詩人競濤湧詞源苦不足亦有轅下駒靡騁但蹩躠君思蘊藉深把卷面高躅

嶔崟讀騷樓 穆堂所居 豁達迎清暾藏書過十萬大啟元禮門窮經髮且禿師儒得所尊汲古綆益修陳因掃羣言先公

嘗述作遂學何賓賓緊君肆搜討家法常循循傳之千萬年殘膏猶餉區親知昔幾輩待君始舉火亦有遠遊客棲居快頤朵黃金散將盡復來未云果投桃固無心庶幾報以果小往吳山顛長嘯梵宮左滿目秋蕭騷落落少所可獨憐垂翼禽剝啄肯顧我

題李晴江墨梅册子爲朱幹臣方伯作

鐵骨不避冰霜威寒中獨秀幽姸姿李生傳神筆屈鐵疎花點綴無弱枝生枯何止下雙管窮盡百態微乎微當其落墨爭怪發拂拂十指香風披得之妙手亦偶耳誰屑與

世論庸奇噫吁嘻圖梅咏梅梅不知離形得似徒爾為心如孤竹足冬〻氣力與衆卉開春熙幾生修到漫遐想塵俗那有仙書醫晦翁一賦洗凡豔及爾臭味眞無差

題看劍圖為潘湅南世英明府作

書生不合老章句咳唾風雲生指顧京塵角逐三十年兩鬢星星忽衰素一官入手仍落拓百里下車新展布鳴琴治縣絃已調綏轡行春馬無怒壯懐摧抑漸欲低奇氣銷磨有時露宦場面目每易改幾輩嶙峋尙如故圖成自憐轉自笑如此頭顱未遲暮硯穿筆禿半已拋一劍相隨那

忍去不爭一出鋒無前頗喜雖澁光猶吐釋椎輪稿祇心知遊刃庖丁早神遇龍泉能斷斯足寶太阿倒持伊可慮爾民勿貽佩犢譏使君或有割雞譽看劍引盃寓言耳認作酒人無乃誤

題山窗讀畫圖

丁亥五月張春水姚春木王玉泉及譚桐舫梅臣艮季先後過訪余因出所藏名人手蹟玩賞竟日而散春水繪爲山窗讀畫圖屬余爲詩而諸君子和焉

寓公自寓城南隅未還山已山林居堰池每弄泉水活入

袖時看閒雲孤反思塵鞅昔草草豈若酣臥今蘧蘧蒐齋點檢無長物圓身叢雜堆殘書眼中骨董百不識頗收名畫盈篋廚那從畫史覓元解且掛靜對忘朝餔有客有客韓張徒到門談笑驚小儒炎官無威雨飄瓦爽氣欲逼涼生裾平生尚友託高契佳日何者堪與娛便招古人入此座大卷小册來于于神行於空淡而逸秀隱在骨枯實腴還從剝落味無味漫論形似模不模豪釐之分氣韻別山林易耳難士夫宋元以降格屢變丹青何靈能不渝非關言思窮天巧妙手坐想揮毫初從前竟誤此奇癖貪多失

笑如賈胡之錢沽酒漸思賣未忍割棄先共祖世間物理不長聚因緣偶值留斯須烟雲變滅誰預料過眼一任長風驅有如良朋今小集豈必明日仍相於斯人斯畫布大地翔鸞翥鳳聊一敘後之視今今視昔認作主人毋乃愚清尊在手且盡醉莫管叢桂留人無（後爲叢桂山房）俗緣乘興寫此圖不與歲月堂堂徂身入畫裏尋公俱聽我狂語同軒渠

梁中丞和蘇集聚星堂韻元什見示因和一首

儋州寫遍桄椰葉杭州踏盡萬松雪孤月長明心皎然浮

雲不礙夢清絶留得無窮身後名莫更生前問磨折公詩公字試展玩光氣燭天那可滅後來亦廣蘇門傳幾輩長鯨手能掣或耽細碎褭餘芳無力薔薇鬥繁纈中丞讀書數萬卷衆山一覽差不屑直將幹濟爲文章嶺霧全開風掃臂亘辰卮酒持壽公小拓吟懷尤有說筆墨之外眞氣存最愛錚錚骨似鐵

銅鼓歌次和梁中丞

涔陽古鐘難自鳴什邡錞于空有聲不逢宏雅爲剖拭奇物敢望陳崇極漢家始東有銅鼓早充珍貢離烟垌維時

麓泠方蠡爾新息萬里屠長鯨事平銷金笵馬式嶠南刁
斗長無驚銅鼓偶存挾威重溪蠻相對猶屏營坐使居奇
索高價千牛百牛莫與京後來傳聞多臆說傅會祓以諸
葛名形模奇古色斑駮鑄自何代眞難明嶺西大府舊弆
此百年作鎮穹崢嶸我公鼓以宣洪恩士知安雅農安耕
讙聲銅柱限不得震讋漸及雕題眡耳者鼠息穴中門未
勞邊堠蔵懸鉦銅花犵鳥亦自媚瘴霧淨掃晴雲橫何來
神物得所偶鼉鳴夔吼鏘無爭吉金出土有先後工緻一
一符虞衡新鼓舊鼓當檻列老蟾左右紛仙精疑年倘將

甲子數幾倍柱史彭城鏗惜哉當年風渾噩絕少籀篆留鐫銘謝詩袁賦角雄長其音廉折亮以清中聲還待我公發天鼓震磕同砰訇鯫生羅致三小鼓易鼗爲悚誰所更面無蛙踞綠亦淺叩之聲弁差可聽市中骨董本多贋凡鐵一任稱艮兵或者贋亦殊近代書文半已摩挲平昔聞古銅翠徹骨中有赤綫橫庚庚此稗史類篇語而公新獲鼓果有之公方諦審具眞鑒題工僞色難爲瑩肯將恢悅逞譎怪高譚不別楹與莛猗嗟此鼓匪今樂請公圖附古樂經

題李星門松陰讀書圖

吾鄉山水畫本似頗怪畫手傳無多老筆最數丹山朱倫瀚墨無如神谷羅存理澤州太守尤秀絕周介亭位庚妙師造化輕編摩自官京朝拓聞見精到直欲文衡山沈石田過君從老守受六法神理逼肖無差訛卅年屢進境屢變凡骨換盡天倪和邇來惜墨不輕下手拂絹素心委蛇眼底古人未云遠料理黷足追明駝閒時那忍便契闊名蹟不厭頻摩挲偶來松根坐石上松頂日射雲微拖古香霏霏古味出大軸小卷光相磨讀之萬遍意未已有此娛老髮可皤我昨杭州載舟返篋裏長物楞無他與君同好獨饒此捆

致足任數馬馱嗟哉書禪關定慧鈍根未許參伽陀宅西幽徑曲通處不少嘉樹交烟蘿遲君為我悉品次君倘首肯無蹉跎

王春城沛霖明府假山初成戲用昌黎山石韻賦長句以贈

軒窗小拓風微微茶烟出屋低不飛當階覓句得幽趣奇花數本新陰肥牆根山石忽犖确壺中九華看依稀巑岏成峯眞可拜瘦皺有韻甯傷饑先生自領靜中妙長日宴坐扃兩扉我來剝啄欣所遇洗眼一對烟雲霏此身便欲

置印壑何時老我青山圍先生相視但含笑哲岑指點論初衣嗟哉門外飢鬪闐幾人不受塵鞅鞿石耶人耶兩奇絶山不負吾應早歸

送王竹嶼司馬鳳生之南河督高堰工

與君交締十載餘金蘭臭味無差殊走趨不利蛩蟨駏唱和時復鳴先于君才雄劍始出匣光氣已可辟萬夫淬之磨之光愈見盤錯入手如摧枯此行聯息致通顯賀者冠蓋塡門闐君獨顧我意惆悵似恐素抱無由舒我聞　睿慮壓河渠招選茂異紛馳驅淮黃酌劑水乳合儲胥飛渡

風雲俱方今時務此最急八州作督猶其粗況君志凌千
載上金石可貫神應扶我法我用斯可耳否則軒冕眞泥
塗昨者蓬窗共剪燭宿垢對影同爬梳我言晚節最難保
君謂易惑惟其初古來士窮見節義不窮豈足言不渝君
髮衰矣我白鬚今吾相視猶故吾當頭明月纖翳無起舞
弄影清光孤吁嗟乎起舞弄影清光孤千里此意長區區

宿雪竇寺四首 雪竇山在奉化

一從羈薄宦夢已斷遊山小借招提住剛餘簿領閒谺然
雙磵合高極萬峯環直到仙靈窟銜烟此叩關

抄

塵世都疑隔何來有足音雪殘虛賓啟龍隱舊潭深樹石寫僧影風泉清道心祇慚簪紱累難稱此幽尋
撒手懸厓上凌虛一俯窺瀑從千丈落雲盡九天垂複嶺沙縈篆平疇紙畫棋羣流趨海處元氣渀東隨
邱壑足名勝亭臺何寂寥鐘聲仍上界碑搨賸前朝得句佛先喜言歸鶴欲要清時好招隱還向此山招

秀峯書院雜詩八首

嶠外英才茁才偏萃此多由來覘造抱非止擢巍科骨峻山參玉神清水帶羅難憑是天事人事近如何

有美劉夫子（靈溪先生）前徽幾許存其言應不朽於道亦云尊

學的端趨步經畬厚本根所嗟人已逝誰與更重論

觀天防坐井井底豈能豪技到文章小名爭日月高先生

竽又濫都講禮頻叨模範吾何有登堂首重搔

篋中三萬卷廿載枉相隨老合書城擁閒猶廩粟縻豈眞

稽古力好是得朋時教本能兼學歸來惜已遲

古杭淪滯久往往接時賢小結雲霞契同參文字禪談應

猶可縱智早未能專慚負宜興叟（吳仲倫先生余嘗從受古文法）霜毛儘

墮顛

少日橫經地東偏有舊居吚唔成底事忝竊負疇譽庭樹看俱老岑皆問已疎卅年稱一世況復七年餘

將衰纔舉子受性不如人紙筆粗知好仁賢愧未親摩中蓬易直果下馬宜馴用盡析薪力何時渠負薪

結宇傍南郭鄉關成寓公幾曾容嘯傲渾欲效冬烘（歲以冬深輟講歸家）車馬喧仍在山林興未終蕭然此高寄差與奉祠同

岳陽樓

人與樓俱古千秋只數公文章若元氣吞吐幾雲夢飄泊高蹤在汪茫放眼同憑闌天亦小漭漭斷烟中

甌江孤嶼

海作人江收山於水面浮凌空聳雙塔作柱鎮中流蓬嶠容飛渡金焦認舊游謝公登眺後幾輩萃吟眸

姚子壽見過以詩見貽次韻答之

五年重把手松桂此究林愜予幽探素憐予疎拙心論交雲外石知已匣中琴御望吳淞浦蒼茫烟水深子壽婁縣人

題梁竹雲參軍衍緒詩本

官閒翻爲作詩忙到處名傳翰墨場清氣本來鍾太華中聲難得近初唐六雄五府肩頻聳北馬南船鬢已蒼莫便

思歸歸未可龍山山角好秋光

題陸韞山元烺茂才詩本

瑯然留得古音存逸品還將讀畫論低首驚看到東野平心悔說薄西崑辟支果悟諸天偈漢上襟消舊日魂畢竟難删惟綺語樊川以後又梅村

題果勇侯楊公蒲團趺坐小照

票姚名久動華夷塞外新銜署貳師追北天山專璽節捦渠雪夜走紅旗勇惟能果蜺虹貫功不勝書帶礪垂認取凌烟舊顏色幾分禪意上鬚眉

登壇三十已元戎名將偏饒國士風珠玉篇成談笑頃雲雷色變指揮中部人遮道迎司馬兗裔傾心拜令公多少蟠胸忠孝字朗吟椽筆倚崆峒

釣臺

從龍幾輩已封侯坐釣先生自擁裘不掩奇光總星宿能扶名教是風流桐江一碧常東去石广雙懸最上頭我亦故園山水好茆亭何日署三休

汪少海以次和繼蓮龕方伯送梅詩見示讀竟悵然有懷次韻亦成四章寄少海時少海依藩幕有復官

之徵也

鶱前一夜散瓊英索笑空空悵此行未必東君要招隱肯於高士便忘情丹成別我留仙蛻清絕憑誰寄友聲珍重衆芳搖落後衝寒重理舊時盟

從此和羹或未遲冰霜磨鍊已多時香魂不斷剛吹篴孤豔難酬又賦詩二月春中醒短夢九疑山外動遙思橫斜不是官橋柳也當臨歧折一枝

臭味差同九畹蘭幾回靜對欲忘餐穠糲忽爲將離減縞袂還添小別寒傲世何如遺世好他生修到此生難護持

無計心先醉漫作年時鐵石看

多少飛花落舞筵爲渠惜別豈徒然前因已悟修持劫小謫容參解脫禪官閑偶來商去住瑤臺重與證人天離憂無那思公子認取騷經第二篇

乞假歸省留別浙中同官

福地迴翔吏亦仙湖山著眼是前緣未曾小憩依棠樹署已虛縻到俸錢六月息猶容此去十分春且看他年晨衙鐘鼓尋常見遲我軍門槊戟邊

題張東厓大令駪征望華圖

壯遊一笑指三邊驅馬悠悠路幾千塞上風雲消戰壘關中形勝入吟鞭秋從河朔先吹坂山近終南總極天怪道是翁眞矍鑠據鞍忘卻已華顛

屐齒平生認舊痕泰嵩衡有印泥存南雲又許飛來寄西嶽眞看聳處髀肉消應殊往日眼光青欲盡中原立功萬里知何有老賦皇華亦 主恩

十月九日同黃春庭李厓竹陳桂舫李春橋俞言甫諸君子登獨秀峯作展重陽之集厓竹有詩亦賦一首

淩空斗絕一峯蒼丹翠鮮明出上方山自衆中推獨秀客從秋後展重陽直窮桂海吟肆壯漸近天門風力剛祇恐驂鸞無藉在欲招仙子共徜徉

題樂曉園滇南采運圖

征車不惜道途長難得停驂是故鄉肝膽自憑忠孝鍊雲山都帶送迎忙棠陰繫馬詩千首天末懷人水一方他日桂林城下路可能重與話秋光

何藜閣司馬出落花詩意圖見示漫題一絕

春夢驚殘一刹那留伊不住待如何榮枯轉眼渾閒事贏

得人間太息多

題劉默園司馬錢江墮水圖時官錢清場大使

鴻爪西陵十載多此江何止百回過舟人競唱公無渡一笑張帆剪碧波

號空雨勢挾風聲胥種東來怒未平萬馬波濤舟一葉浪花堆裏託浮生

沉淵畢竟出重淵託否江神說料錢我亦幾忘羅刹險因君却憶弄潮年

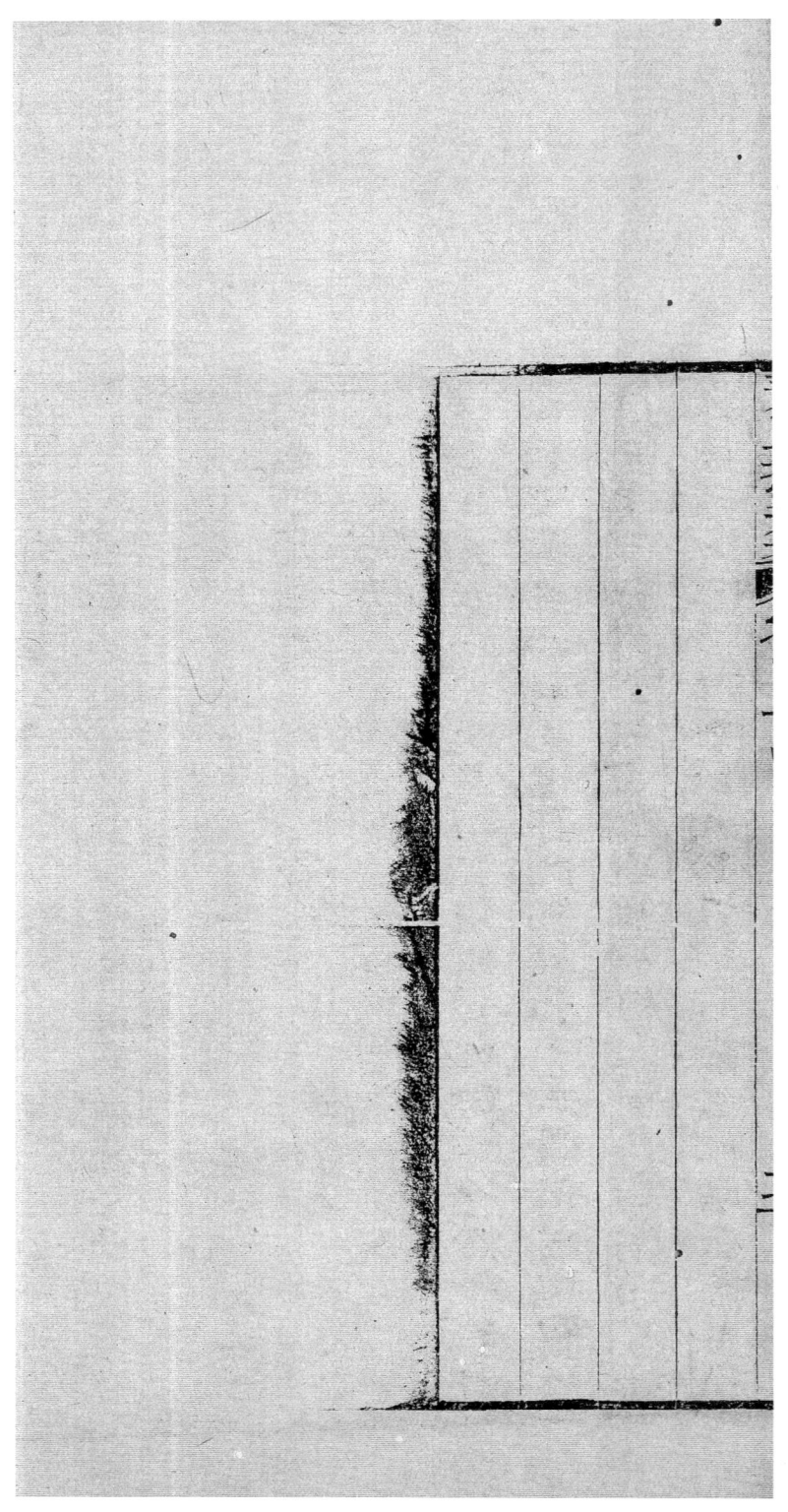

抄

三管英靈集卷四十五

福州梁章鉅輯

王長齡

長齡字嵩三平南人嘉慶二十一年舉人

遊暢巖

吾粵山形天下奇土載石者角觺觺峰皺瘦透紛參差巑岏巀嶪嵓嶔崎神工鬼斧門刲劙巧入天骨無成規龔北大野犖厜㕒黯然積鐵如卓錐周程三子乃切劘印心理窟絕窈枝天然太極圖可披陰陽翕闢若即離我來五月

赫炎曦捫蘿躡磴喜攀追洞口峭立粟生肌峰坳碧藕香
風吹山椒徒艾賫菝葹蒼苔絡石如色絲土花剝蝕費磨
治擘窠大字何淋漓岩隙列縫若解頤旁通屋广嵌罘罳
紆廻鳥道皆蹲鵮谽谺虛谷窈可窺上有鍾乳積石脂輪
囷峗嵯森尊彝九關虎豹橫屡屢陰雲霾霿動涼颸土山
屐折徑邐迤下視村落小於棊銅瓶石髓沁詩脾高歌聲
撼崖嶮巇邛鑿自謂已過之縱壽貞珉徒勞其疥壁勿論
妍與媸富媪邪得留黃雌幾人望古眼如箕登高能賦解
自卑天南一脉足吾師高山仰止幾何時

韋慶祚

慶祚字元圃上林人嘉慶二十一年舉人

襄城道中

殘碑留古蹟孔道接車聲樹遠渾疑堵山高半作城蒼茫迷客路悽切動離情欲問消愁處前邨酒旆迎

望山旅宿

荒郊茅屋裏薜荔繞牆陰雨落頻移榻宵寒半擁衾孤燈千里客一室百年心便欲催裝去雞鳴露氣深

許錢齡

錢齡字逖軒平南人嘉慶二十一年舉人官象州學
正

九日登高寄懷陳翁海霞

九日浮圖上愁登第一重蒼茫連鳥鼠曼衍混魚龍出塞
無傳箭藏烟有暮鐘祇宜思遠道幕擁碧蓮峰
東行星皎潔極目度衡陽座接宏開府城臨宛轉湘閒情
披赤雅晚節味寒香悵望龍山侶啣杯阻道長
不厭關山苦亭臯此獨登重陽秋節序上谷舊原陵怒馬
紛飈逐驕鷹滯搏騰朱方何處所斜日暮寒增

落落終難合回頭百尺高中流懷叔度啓事重山濤何日聆元箸迴風違俗囂菊樽嫌味薄長此憶醇醪

閏端陽後一日顧藹庭水部招遊唐荔園歸舟小飲作此奉酬

荔枝灣裏蕩輕橈曲岸迴風晚長潮勝日才過重午閏良朋喜遣一丁招交聯故里情多洽地轉濃陰暑自消漫道頻年無此樂依紅泛綠向誰驕

恰好南園荔熟時氤氳荷氣散清漪香迎水面微傾蓋色綴梢頭半側枝絳雪堆盤呈舊譜紅紗擘顆逗新詩堤邊

豈觔浮瓜待不倩佳人雪藕絲
座逢詩虎敢吟哦談入清涼得趣多中聖但憑徐邈論長
城遠讓長卿摩依稀河朔開樽飲彷彿秦淮放棹過振觸
奪標輪一着倚來蒲劍悵如何

覃葆文

葆文號介石臨桂人嘉慶二十四年舉人官教習

都中送友人南旋

驛柳攙烟綠攣條倍黯傷人隨春共去恨與路俱長流水
落花渺故山叢桂荒懷歸同惻切慚我似羝羊

白髮一莖新京華五度春衣冠慚故我來去羨行人處世
如嘗胆逢君似飲醇今朝分手去相望淚沾巾

泊仙桃鎮

昔年過此地風雨阻行舟舊事從頭憶長空滿眼愁鐘聲
來古寺檣影接危樓遙望漢陽樹蕭蕭木葉秋

登黃鶴樓

黃鶴樓頭繫舊心客中扶病强登臨東西野色分吳楚江
漢濤聲自古今鄂渚風高秋樹冷武陵天遠暮雲深仙人
玉笛無消息獨聽山城萬戶砧

畫雨

頃刻烟雲紙上鋪問誰寫出雨模糊山頭點點皴濃淡樓外聲聲聽有無溼影分來應潑玉墨痕蘸處欲跳珠閒時試向幽窗讀一片清涼擁坐隅

周貽纁

貽纁字虞裳臨桂人嘉慶二十四年舉人

題孫豹山清歡延賞圖

君本素心人曠懷寄俯仰時解杖頭錢沽酒延清賞桃柳正芳菲春事方駘蕩遠樹翠如薺遠山嘯若響況復雨初

晴開雲自來往一縷颺茶烟興致拂拂盍開尊盡此歡何事勞鞅掌

題黎二樵山水

王宰善畫多經營一山一水需時日此幀一氣自卷舒神韻淋漓何能及宜濃而淡神不全宜淡而濃韻不入掃盡縱橫斧鑿痕靜中之氣若可挹試看豆花棚底翠含香層巒聳出流雲溼更有高人坐曲闌抱琴奚奴肅然立坐者立者阿堵傳宛如對語通呼吸橫生天趣尺幅中神來之筆人難襲

題陳春堂撫琴小照

別有飄然思幽懷託素琴水流觀我靜月上覺林深調古滌煩想聲希淸道心叢篁人未到世豈無知音

同侯楚峰夜坐

共聽寒蟲語窗虛對一燈客懷閒似鶴官舍靜於僧江上多風雨天涯得友朋莫嫌秋夜永更漏已頻增

遊紫薇巖 在曲江

路入靑谿轉人從峭壁來彎環佛地曲奇闢洞天開桂老三冬翠僧閒萬念灰客心纔習靜無奈馬蹄催

用王晉泉韻送龎蘊餘同年返棹珠江覩其姪竹林病

憶昔登秦隴流光一瞬間我身如磨蟻君轍似連環又送客中客同驚山上山莫愁猶子恙未改舊時顏

三月晦日

三月正當三十日唐人句關心又是一年春窺簾乳燕催花老解籜叢篁著眼新尙有嫣紅江上景莫愁須白鏡中人徘徊客思多風雨已到清和過鞠塵

梅花古屋畫冊爲馮勉齋題

山光竹影繞吾廬千樹梅花剩幾株一種古香成夙契雪
晴月上有詩無

馮志超

志超字班甫蒼梧人嘉慶二十四年順天舉人

己丑臘八日與朱我齋桂林話别

歲暮班荆處寒飈滿桂林三年同恨别千里各歸心空負
看花約相期對酒吟毋爲歧路泣猶未鬢霜侵

韋天寶

天寶字絅齋武緣人嘉慶二十五年進士官四川知

縣

遊穿巖在鳳山西北次友人韻

蓋即武緣之鳳山也

苹踪忽聚此嵓邊忙裏偷閑亦勝緣愛石祇因無媚骨聽濤須識有源泉荒叢引屐深深徑峭壁題詩短短篇轉眼夕陽人去後空山依舊暮雲烟

黃金聲

金聲字和東上林人嘉慶二十五年進士官浙江金華縣知縣

戊寅端午

去家未百里客思渺天涯蒲酒難爲醉榴花正滿齋勸兒
清課卷倩友換詩牌獨念高堂宴憑誰遣好懷

下第將之山左學使幕留別曾蘭圃農鳳山兩同年
於京邸

花落瓊枝共惜春天涯雲散倍傷神羨君同聽胥南鼓（二君並留考教習）愧我甘爲戰北人可有幕蓮沾嶽雨應憑官柳望
燕塵金樽相對知何日彔吉堂中未了因

梁垣

垣字紫涵蒼梧人嘉慶間拔貢生官甘肅州判

河南道中讀禁采柳告示

頻年魃虐歲凶荒人似春蠶柳似桑莫怪飢民輕剪伐祇緣無地樹甘棠

周紹祖

紹祖字湘帆桂平人嘉慶間拔貢生有豔雪詩草

秋晚懷潘紫虛黃雲渚

欲雨雨還住四山多白雲平原一以眺落葉自紛紛我友常多病經年久離羣橫空歸鴈滿書札致慇懃

梅花

植遍宜千樹開窗月滿欄廣庭清似水春色許人看但惜
傳香暗還憐出手寒何人攀翠袖日暮倚琅玕

松風同黄綺川

野風吹不斷幽澗樹頻驚流水無人逕瑤琴相與清半空
孤鶴唳午夜飛濤聲遥想經樓上禪心此夕生

何家齊

家齊字雙鏡永淳人拔貢生有小隱園詩稿

秋日閒居

秋色正蒼然平蕪一何杳仰觀白雲閒心與俱縹緲天寒

落葉清野曠歸鴉小西嶺頹殘陽餘光散林杪故人適然至兩意歡不少把酒理朱弦飛蟲空擾擾

雜興二首

阮生哭途窮此意難具陳我從千載後懷古思其人豈伊乖禮法意欲葆天真緘口不論物沈湎以全身俗士修邊幅自矜奉先民一朝趨勢利百行悉灰塵曲謹何足算猖狂庶可親

日月恒不息吾生安得閒凌晨採芝朮矯首白雲間綺季今安在子喬無由攀微陽明遠水落葉零空山歸來衡宇

下著書長掩關

遣懷

索居意無聊虛堂自偃仰側聽絡緯吟秋風何蕭爽長空懸皎月照耀山河朗素手揮五絃泠泠竹外響佳人不在玆誰是知音賞中夜獨躑躅幽情深一往

田園雜詠二首

陶令挂冠去顧念田園蕪中情別有寄聊以賦歸與嗟余不簪組中田守敝廬雖無五柳樹繞舍竹扶疏念當嘗衣食耕作是良圖朝耘隴上苗夕灌畦中蔬農圃時所鄙吾

聊得與徒

大人燮陰陽小人勤農圃事既不可兼情亦各有取比屋皆服疇相期敦古處常恐淫念生黽勉習勞苦秋至喜有年旦晚聞社鼓治酒邀鄰翁瓦盤盛雞黍醉中語兒孫毋輕入官府

舟過火煙驛

寂寂江天靜悠悠望遠征舟行山覺轉水落石如生旭日寒林淨荒煙古驛平竹深藏小市何處踏歌聲

過山莊

盤紆一徑入落日衆山陰茅屋人烟少桃花溪水深猿啼
依斷壁鶴憩倚青林野叟耕雲罷謳歌太古音

落花

怨起雨聲中飛花失故叢鳥啼殘夢覺人散畫樓空流水
一痕碧夕陽幾樹紅吹來復吹去多事是東風

秋江夜泛

偶逐漁人去浪平身亦安白雲千里盡秋氣一江寒出寺
鐘流壑隨舟月下灘無能甘晦跡隨意學垂竿

秋思

塞北寒聲起天南雁影飛美人開繡閣明月上羅衣遠夢金微路離懷織錦機乾坤容易老回首事多非

離家

離家毋乃急此去幾時還匹馬盤紆路孤雲挐亂山干人氣自短旅食事多艱小隱園原好深慚身未閒

邕州送蘇瑞章還里

昨來歡逆旅倏爾悵分襟送子登青舫還家慰母心鴻聲殘照遠寒食大江深後夜花洲月誰爲共苦吟

對月

皓月挂高岑天涯客倦吟光流兒女淚寒到別離心笛裏關山遠林間霜露深候蟲爾何感喞喞斷牆陰

孤館

孤館愁無際淸樽興亦賒何時身許國昨夜夢還家林暝喧巢鳥池深咽晚蛙隣翁蓬戶底只道長桑麻

落葉

搖落成何事西風刼又侵正愁雲水遠忍聽別離吟影帶殘陽下聲兼暮雨深惟看松栢色耿耿歲寒心

高秋

高秋淸氣肅浩浩滿晴虛朔鴈寒雲外西風古木餘豺狼猶戰伐時西隆苗匪未平朋舊半蕭踈獨坐深山裏窮愁只著書

高臺

茫茫天地闊兀坐最高臺萬井寒聲落孤城暝色來求金誰買賦問館少趨才無限窮途淚臨風酹一盃

山居

本無高尙志空老白雲間掃石梅花落彈琴野鶴還漁梁橫斷澗樵斧響深山一枕羲皇上翛然意自閒

登青秀山寺

雲覆招堤境花明青秀山昔人曾過化嵓上有王陽明先生過化之地九字石刻今日幾躋攀倚影夕陽裏鐘聲流水間擷香亭不見江上鳥飛還

聞砧

木落傳霜信城高起暮砧殊方征客淚遙夜美人心月冷憐雙杵風淸散萬音秋懷不成寐聽斷一沈吟

草堂客至

野外衣冠樸山中軒蓋稀浮雲窮變態流水引淸機有客開相訪論文興欲飛呼童酌新醞落日挂柴扉

昔時

昔時矜意氣便欲上金臺縱酒揮流輩高吟陪上才花濃
春夢遠月好野懷開今日蓬蒿下浮雲自往來

岳陽二首

樓外洞庭水連天一色澄鴈聲回夢澤帆影落巴陵芳杜
騷人佩靈風帝子乘更聞吹遠笛縹緲白雲層

何處弔湘靈風煙滿洞庭水通吳地白山逼楚天青人世
空今古乾坤有醉醒客情將落葉同是感飄零

望仙坡

望仙坡上石屛顏縹緲雲林古廟間暮雨帆檣二坑口春城樓閣五花山南關烽火銷何處西粤咽喉重此間回首六公綏定後左江文物耀夷蠻

春夜

抱得春愁夜不眠搔頭吟望短牆邊風含馥氣花撩榻水漾銀光月在田病久漸能知自藥途窮未肯受人憐遲回誤聽高樓笛斗覺相思又隔年

梅花

纔放南枝又北枝嫩寒山路影離離乾坤清氣人何遠今

古風情夢盡癡荒驛薄雲臨水處孤村殘月閉門時林逋儘有吟相狎莫遣高樓玉笛吹

夜感

西風木葉夜飛聲欹枕微吟夢未成旅鴈叫雲秋壑靜幽人步月石壇淸牧民但得如龔遂擊楫何須憶祖生聞道三苗今已格瘡痍未起尙關情

晩眺

一時倦鳥已投林憑眺西風感自深千里風煙音阻絕十年書劍事浮沈山含薄霧全疑雨水湧殘陽半似金可奈

飄零迷故土日斜閒聽隴頭吟

東樓閣

古巒城外草芊芊把酒樓頭思渺然哀樂中年容易感登臨到處且隨緣綠榕官署晴雲裏白板人家返照邊疑逐漁翁同泛宅秋風江上夜鳴弦

蜀中

魚鳧開國亂山中棧道連雲倚碧空火井焰消亡漢月金牛路啓有秦風勤銘張載堪垂戒躍馬公孫漫逞雄今日松潘樂無事不防車騎客臨邛

贈張濟元

自知僻性難諧俗惟有憐才此意眞對客每吟君好句半林黄葉老詩人

送譚錦波回粤東

羅陽一夜雨瀟瀟故國昌華入夢遥三月桃花江上水送君歸去木蘭橈

周貽經

貽經字念香臨桂人嘉慶間副貢生

題美人對菊圖

淡白輕黃幾處栽湖山小坐一徘徊憐渠也抱淵明癖風
雨重陽滿徑開

XD2379
:17

三管英靈集卷四十六

福州梁章鉅輯

彭昺

昺字鏡亭平南人嘉慶間布衣有燮廬詩草

漫興

春風播嘉聲可聽不可頌融和感物彙日暖鳥聲眾鼓舌笙簧調引吭律呂中喈喈清客心好音隔簾聽幽人心自閒塵網謝倥偬門庭絕剝啄山光當牖送展卷試微吟悠然天籟共

廣西省立圖書館藏

晝苦短歌

晝苦短夜苦長憂人不寐起傍徨頭雞不鳴柝聲死心如轆轤天未央晝苦長夜苦短朱門夜宴競絲管美人淺斟顏未酡漏水滴滴金壺滿晝亦不短夜亦不長長夜浩浩白日堂堂少年不讀書飽食而嬉紈綺場東方既明尙囈語夢醒但見天倉黃來者坐耗去者多銷磨白日奈爾何苦短苦長各有役勸君須把分陰惜

孤兒行

拔我頭上釵典我笥中褕嫁時衣裳典已無爲供脩脯兒

抄

讀書一盌篝鐙環堵綠竹機聲激振茅屋機聲咿軋書聲低深宵織布課兒讀課兒讀心屏營阿母鬓髮漸星星阿爹墓草猶青青當年蓄積無他物祇有一卷兼一經一經亦可成兒名兒不成名母已老紫綬宮袍衣不蚤讀書豈祇爲宮袍茜鼎難酬母氏勞

太僕祠　桂平

癸之年冬之月猰貐磨牙吮人血梧鎮望風附逆吳潯州千鈞繫一髮潯州太守矢孤忠一隅獨當十萬鋒外無蚍蜉蟻子援礮聲殺氣沙濛濛孫延齡叛桂林蔣秉鑑獻潯

城執公父子送賊營縛暴烈日中慷慨憤罵節錚錚刀鋸
鼎鑊甘如薺妻子奴僕遭賊刑父子五人家百口無一含
羞忍辱而偷生西山僧尼感公德收骨沙岡營窀穸忠魂
趨謁
章皇帝
帝曰余嘉女忠直
聖代褒忠渥且優
龍章可慰貞魂魄潯城人士切謳思春秋祀事父老悲爲
公濡染大筆書之曰此

特贈太僕寺卿遼東名浩劉公祠祠堂峨峨千古峙為臣不忠應媿死

雙忠行 潯州府杜平南縣

大夫捧檄守斯土常則撫綏變則禦君不見甲寅之變煽賊氛平南孤城嬰强虜縣令周公典史武公位殊忠義心則同先期豫備修城墉厲兵迎戰大峽石歐倫受首權賊鋒短兵相接武令峽揮刀復斬吳飛龍賊將總兵侯成德怒擁火器爭夾攻力竆被執死不屈一軍潰散為沙蟲可憐楊夫人投環竟自縊可憐周公子殉父死亦義

詔贈按察使僉事地下忠魂可以慰賊奇武公多智勇威之不脅利不動有舌罵賊如常山七日弗食堅忠肝忠肝義膽刀頭血留得芳名千古說姓名可與馬傅等馬傅二公殉節事詳通志君不聞德化周公名岱生陝西武公名佐鼎百餘年來道姓氏至今父老猶悲哽二公附祀劉公祠食君之祿尙鑒之

絲雨

絲雨不能斷颯然涼似秋千山疑積雪四月竟披裘小院無人至虛堂闃客愁蕉煙兼草色暗綠鎖簾鉤

春柳四首

何事攀條悵別離東風作意颭輕絲纏綿乍覺三眠夢嫵
媚誰描八字眉驛路低迷征客馬翠樓遼亂酒家旗江南
春色知多少樂府新聲唱叛兒
花如白玉縷如金惹得流鶯百囀吟風月夜醒詞客酒樓
臺春別故園心金城憶舊情何限前殿懷人感不禁那識
天涯有惆悵依依坊畔自成陰
女兒腰態劇娉婷水郭山村染畫屏萬里關遙春已透六
朝人去眼猶青珍珍影蘸秦淮水草草魂銷送客亭錦纜

香颿久蕭瑟祇餘隄柳暗沙汀
人水蘋萍不自由落花如夢逐江流白門夜靜烏啼月紅
板春深鷓語愁之子出關空擫笛有人傷別怕登樓臺磯
久負刀鐶約贏得閨中怨陌頭

俞鴻

鴻字振逵臨桂人嘉慶間諸生

夜客

幾多長別恨鄉思倍悠悠孤客難爲夜天涯更遇秋功名
同水月身世等蜉蝣露冷蟲聲苦殘燈照影愁

遊全州孝光禪寺

湘臯風物倏淹旬古刹探幽豁俗塵佛死尚稱無量壽我來亦是有緣人漫捫石蘚尋前句且聽鐘聲悟夙因試上浮屠舒倦眼水光山色總清新

暮春

空梁鳴乳燕深樹喚啼鵑何物催春去閒庭又一年花落斜風裏春歸細雨中闌干閒倚遍獨自數殘紅

查　錦

錦字靜軒臨桂人嘉慶間諸生

次李雲甫九日病起登樓元韻

丹楓紅蓼碧天秋扶病還登客裏樓老去壯心仍似昔詩成吟興幾曾休酒沽遠市兼新釀葵煮閒園却庶羞試問箇中高曠意泉明懷抱可同不

林　筤

筤字嵐庄臨桂人嘉慶間諸生

新秋感懷

頻向林皋賦索居蕭然秋氣逼庭除蛩鳴院落宵初永月透簾櫳樹漸疎壯志未酬三尺劍雄心敢負五車書從今

悟徹浮生理只有逍遥得自如

李　照

照字小臞臨桂人嘉慶間諸生有雪泥集

夜登泠然閣

揮手辭塵囂四境人蹤杳商飈颯颯來黃葉滿林掃夜寒蟲語喧地白人影小登彼泠然閣疑是瑤華島更漏無由催雲烟自繚繞緬懷劉仲達音容何縹渺丹竈沒荒蕪黃鶴空華表長呵飲濁醪頹然玉山倒山僧呼我醒起立霜天曉

贈青田道人

有客有客人中龍紫髯一尺雙青瞳自言年少從赤松曾過弱水蓬萊東丹經萬卷羅心胸陰陽奧祕追鴻濛丹成不作鸞鳳翀逍遙人世思垂功我生何幸偕芳踪時聆妙言開瘖聾始悟浮名傷吾躬天真日日潛銷融何當一掃塵緣空飄然與子游崆峒

卿祖授

祖授字秋衣灌陽人嘉慶間布衣早卒有西林詩草

秋柳

金縷依稀白下門六朝遺恨不堪論西風畫舫春如夢曉月長亭客斷魂舊態祗餘空殿影涼蟬猶咽夕陽村飄零別緒知何限依更攀條洒淚痕

蔣　球

球永福人諸生

留春

日暖風和草欲曛落紅經眼下紛紛芳心願託長堤柳綰住韶華一二分

王道出

道出永福人歲貢生

山村

獨坐藤陰怪石根兒童採藥返山村問他絕徑穿多少又惹白雲同到門

郭書琳

書琳字寶臣修仁人嘉慶間諸生有桐雨山房詩鈔

懷王石蓮

紅樹鶯啼花亂飛相思有客對斜暉劇憐平子添愁緒遥憶維摩減帶圍尋到舊遊春已老醒來清夢燕初歸知君

抄

素有臨池興底事鱗鴻別後稀

過棲霞寺次陳文簡公壁間原韻

十年前記到僧堂慚愧名韁角逐忙碑碣關心留蹟在雲山過眼覺神傷迷津笑我牽塵網彼岸何人證寶航老衲龍鍾渾不憶談經當日共聯牀

灘江江水盡朝東遥望棲霞紫氣通寒食已過頻細雨春衫猶薄怯山風剛逢僧話塵心瀞便到巖巔眼界空試問舊遊何處是桃花無語夕陽中

陳宏學

宏學荔浦人嘉慶間　恩貢生官義寧縣教諭

秋夜宿鵝翎巖 荔浦

偶憩招提境宵分尚未眠鐘聲清引月樹色淡含烟入定抛塵慮逢僧話舊緣何時能解縛參破逹公禪

鈕維艮

維艮字直臣蒼梧人嘉慶間縣丞職銜有榕陰館詩草

賞石歌

我聞羣芳一一有名字千紅萬紫評新鮮不聞山中丈人

各有號石之美處由何傳主人聞言怪余說證今引古何
便便不見東坡壺中有九華洞天一品拜米顛二公題品
照寰宇世有愛好當同然易辭比象介於石況復瘦透皺
秀全瘦如蒼松露癯骨透如管可窺青天皺如清風來水
面秀如縹渺淩波仙四美相兼古所少如此奇特寧棄捐
子言此石不入賞毋乃嫫母目嬋娟我聞此語笑向石石
與主人何有緣疇昔我曾覩君面枕藉亂草霾荒烟螻蟈
蚯蚓穴其下牛溲馬勃汙其巔風雨洗淪泥土內有誰矚
目相流連一朝洗剔出塵垢排列位置南榮前主人愛爾

遨儔侶雅歌投壺奏管弦古昔斑蘚移點綴修竹老柏植
旁偏遂令蘭菊等奴婢石以地美媸變妍石乎石乎誠有
幸今我為爾歌長篇

登準提閣次覃朝年韻

閣迴晝常陰山幽不在深月池閒掬水風檻爽披襟禪境
少塵跡高人生隱心何時卜茆屋結社擬東林

秋雨有懷

一雨失秋暑荷花香欲殘孤吟詩境寂獨酌酒杯寬修竹
發幽響疎櫺生薄寒眷言途路客此日給衣單

贈別沈子仝

握手難爲別知心獨有君近來同落魄何日細論文㬅坐聽春雨躭吟向暮雲此行隔山水兩地悵離羣

秋夜小酌送友之楚

今夕清談共離亭月色幽一盃更盡酒千里欲行舟征鴈堪爲侶吟蛩莫動愁分攜從古有去看洞庭秋

和王蔭孫

桃李小園春春宵引興頻閒行隨皓月勝賞屬幽人鳥夢嘗依樹花香欲過鄰莫忘寒料峭珍重苦吟身

和王蔭孫園亭夜酌

狂歌邀月飲正值月圓時霧鎖幽花重燈搖宿鳥移酡顏應助興刻燭為催詩好友平生好何妨歸去遲

夜行霧中

一望了無痕氤氳霧氣昏歸途迷遠樹前路失荒村燈火知漁舍鐘聲辨寺門不因殘夜月無計出雲根

秋柳

別來消瘦影堪憐空自依依鎖暮烟殘月有誰牽晝舫夕陽到處咽寒蟬曾將青眼垂三徑憶折長條又半年如此

風光如此樹令人惆悵灞橋邊

酬翠省園卽次原韻

三年溯洄水之湄此日伊人遇不期曉霧又言催棹速夕陽未肯下山遲情虛投轄傾千醆跡喜巢林傍一枝莫道悤悤言不盡江多雙鯉往來時

重九鍾英山招飲竹樓

去年曾共吟重九今日還來醉小樓黃菊依然開笑口青山兼得縱吟眸釀寒疎雨催停扇破暝斜陽看趁舟一片秋光瀟灑地登高何必定高邱

晩晴漫興

返照依稀映小樓雷聲輕碾雨初收殘花墜地春猶在新竹籠烟晩更幽入畫且探山水妙題詩聊倩友朋酬桔槔俯仰應堪笑爭似雲閒得自由

春郊次王蔭孫韻

日暖郊原莫放過常將屐齒印晴莎詩情每向溪山得春色偏於寺院多秧簇青鍼田水活松飄黃粉野風和較他韋杜城南路但少佳人細馬馱

燭淚

誰分別恨上銀臺永夜無言淚作堆我意欲將紅豆比那知心緒已如灰

謝琳

琳字鶴亭蒼梧人嘉慶間布衣

題暫止圖為喻軒作

和風勸客駐行塵鴻爪分明記夙因解轡漸停飛騣足囊琴如待賞音人坐臨流水尋清契小憩垂楊愛好春幾見浮生無俗累羨君身外有閒身

李光甲

光甲馬平人嘉慶間諸生

遊小桃源尋三相亭遺址

舊集名賢地猶傳林下風庭荒秋草綠碑老夕陽紅石竹生虛厂雲旗下太空從來經濟手半在隱流中

陸世經

世經字東績蒼梧人嘉慶間貢生官靈川縣訓導

閒情

鳥語花香次第催水晶簾外重徘徊短長越網千絲結紅紫鸞箋十樣裁閒道吹簫歸碧落記曾走馬過章臺最憐

金谷埋香處十斛明珠買不來

菊影

肯勞形役向人間三徑歸來夢亦閒垂老莫臨秋水照霜
華易感鬢邊斑

茹英猷

英猷字宗球蒼梧人嘉慶間貢生

送春

東君歸去太悤悤三疊陽關唱未終捲幔遣看芳草綠倚
欄愁對落花紅催行雲驗長亭外惜別鶯啼小院中轉瞬

早梅葩幾點春光消息又相通

茹英明

英明字宗懋舊梧人嘉慶間諸生

雨夜夢蕭諳福

朋輩隨風散孤燈自校書涼生一夜雨夢到故人居交酒傾心會鄉關握手初曉鐘忽催醒落葉滿階除

暮雨忽止寄懷梅臣十兄

鴈帶殘陽去風驅急雨馳秋聲不可聽雲影忽然移河漢一槎泛㶉鶒兩地吹遙憐蘭砌畔涼氣逼書帷

哭樂三兒

伯氏風流盡英年恨未平人愁傷手足天慣折聰明黃土封三尺靑衿了一生北堂悲日暮欲哭強吞聲

夏暮冒雨過挹翠山房小酌二首

日影忽然失行行繞薜蘿山隨雲氣沒樹雜雨聲多把袂襟懷暢聯床笑語和厭厭今夕飲莫問夜如何

陰晴原不定蛙鼓鬧江干芳草有愁色空階生暮寒苦吟詩骨瘦渴飲酒腸寬取次聞雞舞貧交露膽肝

孔毓檠

毓棠字汝芳蒼梧人嘉慶間貢生

閏九月十五日同人招集綠芸書室賞菊

又過重陽節幽香始滿庭何曾怨遲暮且自采芳馨壓帽嫌花重談詩愛性靈歸途蹈寒水風勁酒微醒

黃智明

智明字玉堂蒼梧人嘉慶間諸生

題畫

一峰插天影在湖一峰對峙勢不孤遙岑隱隱當缺處鈎連石磴中盤紆危橋臥溪溪抱屋周遭古木森千株目賞

情移忘畫圖便欲遷家此中居青冥雲氣無時無

梅花

香度疎簾雪滿天幾枝索笑畫檐前亭亭瘦影臨清沼不受人憐祇自憐

鄧濬

濬字聯英蒼梧人嘉慶間諸生

訪斗牛宮道士

迷徑倉皇久村邊遇牧童鞭停殘照外人語亂山中逕指雲深處休疑路不通若聞仙犬吠便是斗牛宮

一望雲鋪海飛空似浪馳龍蛇驚出沒松柏隱參差乍覺淸風起方知衆嶺奇丹青遙煥彩童子報東曦

陳乃書

乃書字禹文藤縣人嘉慶間歲貢生有少華堂文集

和鳴岡弟山中咏懷

暮年兄弟似羊何相約柴門臥薜蘿不是耽閒林下久詩篇爭帶白雲多

陳延祺

延祺字鶴嶼臨桂人守墻子嘉慶間太學生官浙江

鹽運司經歷

題味藥圖

蜣蜋清濁事難參身世茫茫一笑堪會得此中眞味在不須世味更求甘

嘗膽襟懷一樣同更翻咀嚼有深衷誰知苦樂乘除際只在艱辛解悟中

張澄源

澄源桂平人嘉慶間貢生

春草

關山萬里漸芊綿淺綠平鋪繡陌連暖入池塘應有夢輕遮油壁正含煙東風處處牛羊地麗日村村鳧鴨天似向玉關隨馬去青留荒塚自年年

花叢飛蝶柳飛綿遠望離離樹色連齊沒燒痕三月雨平添淚影一谿煙鷓鴣湖畔抽新穎鸚鵡洲中媚遠天自是王孫歸未得又牽新恨入今年

蘇懿訓

懿訓字淑贄鬱林人嘉慶間歲貢生

殘菊

回首重陽不可追那堪花事惹人悲薄存傲骨淸寒日猶勝凡葩豔冶時寂寞秋深蜂蝶去荒涼籬落雨風知紛紛飄泊隨流水何似含香戀故枝

彭廷楠

廷楠字茂亭平南人嘉慶間歲貢生

涼風

涼風吹虛堂微雨濯喬木雨霽羣籟歇滌垢出新綠繁陰蔽晴空濃翠落我屋一卷古人書日夕相對讀

謝乃勳

乃勷字良猷臨桂人嘉慶間縣丞有十笏山房詩草

初發全州

秋色送人遠關山氣自蒼江聲流故國帆影襍清湘夾岸烟初暝推篷夜有霜賓鴻聞北唳知是近衡陽

太原

匹馬經過受瑞壇故宮憑弔思無端邊兒石調高歌起落日笳聲數拍殘風入鴈門秋有力月沉汾水夢猶寒黃蘆花冷初飛鴈一點鄉愁撇下難

別高平署中諸友

白酒紅燈夜共挑幾多鄉思自冰消曾摩壁壘分秦趙同
望邊沙上麗譙一騎斜陽過上黨片帆風雨望中條征鴻
早帶歸心去揮手眞成萬里遥

到家

三年爲客此歸來兒女燈前笑語開爍面沙黄人易老關
心霜白歲頻催攜將行篋誇詩草拋得離愁付酒杯遥憶
戍樓寒月下幾人夢見故園梅

羅辰

辰字星橋臨桂人嘉慶間諸生有芙蓉池館詩草

銅雀瓦硯歌

君不見漳河之水東南來銀濤瀉海去不回又不見銅駝石馬眠蒿萊珠題玉礎俱塵埃不意此瓦在世二千載未共昆明飛劫灰風饕雨蝕無殘缺土花作暈秋生苔黃土摶成竟能久瓦全翻勝鴻門斗匝裹層層古錦藏篋上龍賓盡良友市人不識胡盧笑謂如千金享敝帚高臺昔日鎖鴛鴦妙舞清歌選洞房阿瞞一家詞賦好于今瓦礫皆文章蟾蜍滴露煙雲濕兔管生花卷帙香誰憐繁豔成春夢猶洒西陵淚數行

觀獵

秋風颯颯秋雲飛秋日皎皎揚清輝霜露既降百草萎山禽豐美狐兎肥將軍乘時大田獵飢鷹怒馬英風發我來試作壁上觀旌旗豔奪丹楓色射飛逐走任縱橫山梁飛度馬蹄輕弩機踏處熊羆仆彎弓拓作霹靂聲天邊鴈陣當頭見宛轉凌空懸一箭羣觀片影墜西風血濺平沙腥撲面凌雲一賦聖君知長楊之後諫書稀祇今四海塵氛靜不廢軍容尚合圍

楊北樵明府招同人消寒雅集出禹碑石刻同觀各

賦

籬頭鬻藥吹寒風地爐獸炭煨猩紅閉關杜客獨偃臥門前嗁殺號寒蟲故人折柬互招致消寒會在高軒中南金束簡列左右周彝晉帖羅西東神禹碑文勒衡岳先生得自岣嶁峯啟幀示客各驚怪蝌書匾刻光熊熊七十七字太奇古璺妙尚帶芸香濃酒酣各擬賦長句醉髩才薄慚雕龍深宵呵凍免嚴罰城樓譙鼓聲逢逢

閑居吟

出篋清如水霜痕拂尚寒千金寧有價一鋏豈空彈入夢

風雷易酬恩草莽難引杯閒對爾熱血未嘗乾　看劍

小匣芙蓉水空明一片秋藏身非有術對面不緘愁圓相尋常見曇花頃刻畱揭來千髮短經眼怕搔頭　對鏡

宿蝶驚衣溼壺天雨露勻潤添香海闊粧滌美人新蠟屐遲晴塢流鶯促綰長饒他嚙抱甕醞釀一國春　灌花

閒煞經綸手魚竿鎮日持坐來秋水淨歸趁白鷗遲天地懶相許江湖情自怡龍門雖未遠不下釣鰲絲　垂釣

秋興

西風埽黃葉剩有一簾雲馬磨稱名士牛衣對細君秋鐙

搖竹影涼露濕苔紋此况誰堪共香醪下漢文

初得蕭芝崖消息

兩載聲華重玉堂六年人别事堪傷傳來消息還疑夢憶到生平已斷腸索書有書遲作答休官無事擬攜觴詎言旅櫬燕山雪更慘孤兒口尚黄

遊伏波山還珠洞用偉如韻

褰屐風流憶往年山環灘水倚南天鳥穿古樹翻黄葉龍守寒潭靜碧泉名士畫圖空鐵筆（石刻米老小像）將軍勳業半樓船夜來試看波心月疑是珠光照洞前

陳新綠

小園四面翠粘天墮地春陰總可憐幾夜東風梅子大一庭春雨蘚痕鮮飛來蜂蝶空香伴老去鶯花證酒禪枝葉不芟襟抱闊避喧深處自陶然

和慶蕉園宮輔將軍涖粵原韻

喜見牙璋來海國風光應勝承和年旌麾掩映沉香浦烟雨空濛米氏船五嶺雄封迎上相十州清節勵貪泉分明風骨梅花似合與羅浮有夙緣

吳門一亭兒索畫以壺山桃花圖贈之

紅衣一曲酒初酣斜倚東風轉不堪別墅柳堤春欲老令人惆悵憶江南

題李春橋扇中海棠即以誌別

紈扇西風賦別愁繪成仙骨自昌州從今瘴雨蠻烟外剪燭春宵憶少游

秋日灘江舟中漫賦

九曲江流折彎環屢瀨洞峽平彔艕過篙響亂灘來樵徑通山麓人家倚岸隈推篷舒望眼正好荻花開

登龍頭界絕頂

萬山飛舞出三十六丹梯路到峯腰坦天隨日脚低叢葩防虎豹隔水亘虹霓趁得猿聲下行行又夕栖

七月初五日立秋

平分景色遍江頭清淺銀河澹不收一夜風霜驕大漠千家碪杵響高樓頻將酒力辭殘夏准備詩情入早秋屈指女牛佳會近乘風欲到廣寒游

大雪後二日胡堯臣招飲醉後御柬

一倒芳樽累十觴春風滿座不知霜百年扶醉逢知已落日登樓憶故鄉客裏光陰人易老意中山水夢難忘江湖

文酒嗟寥寂得此驩筵更斷腸

江行即目

晝艙聲裏客推篷倦眼看山夕照中二月江天好圖畫晚烟青處木棉紅

一桁青山帶落霞兩三野鷺點平沙漁翁無事閒垂釣風颸輕絲冒蓼花

三管英靈集卷四十七

福州梁章鉅輯

潘兆萱

兆萱字紫虛桂平人嘉慶間貢生官上思州訓導

烏生八九子

城上烏尾畢逋朝夕銜蟲哺其雛不惜羽瘁與口瘏道逢黃鵠恣一擊鐵啄犀利洞左腋逃生無地血狼籍烏死未足惜但恨諸雛無羽翼黃鵠飛飛過窠前群雛疑母將歸息烏烏啞啞猶索食

壺山謁雷酒人墓 臨桂

酒人姓雷桂林國初人也博極羣書不求聞達性嗜酒生前自覓葬地刻雷酒人墓於山石歿後瘞此殆隱于酒者春日墓側桃花盛開因爲長歌

壺山山上酒人墓壺山山下桃花樹桃花年年爛漫開酒人歲歲壺山住桃花萬樹春風催酒人一往何時回忽然如雨紛紛落酒人墓上紅成堆酒人大醉喚不醒花落成泥泥沒脛孤墳三尺繞桃花遊客低徊還引領酒人酒人魂不孤桃花歲歲紅糢糊

十五夜畫亭坐月

朝兼卽栗離江城暮坐僧樓看月明最苦令節易煩擾陳設肴核吹簫笙何似深山自閒寂流連古寺多幽情昨夜坐月興不淺只今宿酒猶未醒擕尊卧就古松下衣袂尚帶莓苔青八關晩齋餐已罷白日落盡清露零時有西風颯然至檐鈴簷鐸鳴錚錚人倚欄干俯大澤碧蟾玉兎看將升江波蕩漾照金碧欲出未出搖光晶爾我三人坐相對恍昔晨登洛日亭忽然飛上到天半橫斜銀漢稀疎星有如白玉盤捧出又似江心鏡鑄成一夜珠光脫龍頷三

抄

秋露氣生壺冰圓靈不可更擬議今年此夕僥晶瑩曼殊陀利滿堦砌寒蟾素鶴爭相鳴山僧好事具杯酌科頭箕踞歌縱橫平生歡樂無過此此身欲作飛仙行淋漓大醉逐明月踏梯直欲摩雲軿下方潮鷄唱喔喔萬籟俱寂神魂清詩成明月入潛谷據枕一夢遊神京

闓石山 狀元梁嵩故居有讀書臺今廢 平南

拔地千尋碧擎天一柱高昔人讀書處滿徑長蓬蒿石壁留殘詠虬松起怒濤山深雲物異吟望首重搔

江村晚步僧雲湄

抄

落日澹平楚江村歸暮鴉看雲臨斷岸待月出蘆花石激寒流咽崖傾老樹斜與君同杖策款款踏平沙

送程香輪茂才回廣甯

西風吹白蘋遊子共沾巾本是將歸客翻爲送別人長亭搖短棹瘦馬蹴輕塵行夜相思夢隨君鬱水濱

崑嵛秋望

異地逢秋好登臨見鴈還人來紅葉路馬度白雲關孤墖橫殘日荒城鎖亂山武襄遺跡在憑眺欲追攀

秋夜懷黃茂才一齋袁進士醴庭

孤村秋色早葉落半庭陰好友隔千里相思同一心晚風漁父笛明月女郎砧獨夜不成寐蕭然寄短吟

山館

山館無人到新晴花怒開相看成獨笑靜對引深杯愛惜前塵隔心懷舊雨來寂寥誰見訪一鳥啄蒼苔

藤縣

亂石堆江面空亭倚岸偏孤舟三日泊小雨五更前樹樹啼桑扈山山響杜鵑故人烟水隔悵望倍悽然

哭陳愼泉

可惜陳驚座青年地下遊未曾成一事如此卽千秋撿篋

高文在題詩老淚流魂兮招不得風雨北山陬

羅廣文芝田回里口占送之

一葉君眞去三秋我獨留只應今夜夢隨汝到潯州驛樹

蟬聲咽江天雁影浮到家須寄語宦興已全休

秋夜寄王春田林小坡王鳴山

官冷嫌寒早霜濃惜鬓皤歡娛如夢短詩思入秋多照影

梧桐月澆愁鸚鵡螺故園歸未得彈鋏獨悲歌

三水縣

小邑臨烟渚修篁隱水鄉行歌淘蜆婦買米養鵝舟（土人養鵞於舟）孤塔凌風起雙江夾縣流聲音聽漸變方語異鄉遊

泊清遠

日斜殘堞冷山映戍樓青峽勢攙天險江聲攪夢醒我來三月暮重上大觀亭烟草無情碧浮光到客舲

飛來峽

峽逼蒼山出江空巨浪奔雙崖皴蘚跡老樹帶潮痕潭闊蛟螭伏崖高日月昏片帆飛渡後咫尺是龍門

白沙驛用李空同舊韻

抄

碕岸圓沙白江空徹骨清荒榛迷野戍古月照孤城夜靜
柝重把天涯鴈北征晨鐘來枕上百八聽分明

送林彤則孝廉司訓懷集

司訓威州客欣登仕版初盡攜梅鶴去宜結水雲居祿薄
堪將母官閒便著書槐陰秋氣肅懸榻或遲予

不錄

江浦縣

江水抱城流山光壓縣樓先君爲宰後四十二春秋花木
猶無恙門生已白頭相逢問存沒飄泊愧重遊

過賓州司訓滕廉齋署中作

同有吟詩癖因循歲月殘身常存傲骨老始就微官未偕
尊科第高懐薄綺紈相逢憐太晚語語吐心肝

與黃雲湄夜話

十載神交此夕親聯床風雨話逡巡生來傲骨難諧俗爲
有清心不染塵耽病酒杯經歲廢遣愁書卷逐年新何時
昏嫁能粗畢同作羅浮采藥人

寄內

夢影離魂何處尋秋風江上獨愁心只緣人事成波折不
道生涯竟陸沈老大飄零添白髮少年歌舞散黃金寒衣

知汝思相寄月落空庭自搗砧

初冬述懷

年來名勝斷幽探懶似三眠箔上蠶豈有還丹能駐景且
教彌勒與同龕耐將官冷貧何病但得詩傳死亦甘記取
當時謁錢起謂裴山郎中曾勞噓拂在天南

馬茂才少峒見懷用韻答之

前年客邸互追陪舊事重思似夢回獨處可憐秋已去他
鄉不覺老相催暮雲紅樹人千里明月青天酒一杯尚有
馬周能見憶新詩并寄隴頭梅

秋杪登樓

白雲紅樹山容慘落日孤城客思哀少不如人今老矣秋之爲氣最悲哉明江獨鼓寒流棹異地還登古寺臺可笑連横蘇季子黑貂裘敝未歸來

袁昭夏

昭夏字立芝珏子平南人嘉慶間諸生有問竹齋詩稿

采菱曲

宛轉沿大堤紫角何時齊終朝唱采菱水調太凄迷凄迷

腸愁絶恨比菱絲結蕩子久不歸惆悵空閨別別時淚沾
巾別後長苦辛願持花作鏡贈與薄情人情人去千里應
念秋風起家室在橫塘羅襦涉秋水秋水明妾心皎潔到
如今女子重恩愛誰負白頭吟沉吟日將暮芳渚凝烟霧
女伴待不同忘卻來時路

長干曲

莫唱子夜歌爲詠長干曲瀲灩漲秋江情波爲誰綠波綠
長悠悠水調唱歌頭浮雲無定息多少爲郎愁苦欲留郎
住問郎向何處一夜江干風珍重愼來去來去亦何爲水

調太凄迷歡娛未終夕恨煞汝南鷄鷄聲太咿喔驚起鴛鴦宿五兩在長檣凄風尚回復生是斷腸花飄泊長風沙殷勤爲郎別重與訴琵琶琵琶聲幽咽含情爲誰說明明樺燭光轉盼皆秋月秋月墜銀河相思愁若何郎君如不信試看秋江波

李都尉　贈答

相見無幾時悵悵恨別離聞君有遠行悽惻心傷悲樽酒爲君酌聊以慰相思但能矢素心不以遠近移明哲以自保窮達復何疑

班婕妤 詠扇

皎皎機中紈製作團圓扇拂拭常隨君朝夕得相見依依能幾何強被秋風遣時序有代謝不爲君心變

阮步兵 詠懷

俯仰睇八極茫茫皆可悲楊朱嘆歧路墨子哀素絲歲月易云徂人生幾何時浮雲每變幻葵藿難轉移百愁易交集窮途何所思

張司空 離情

河畔有芳草蓬蓬靜凝碧托根本灃蘭馨香滿晨夕朵朵

欲誰遺俯仰念疇昔草木尚有情人心本匪石但能重別
離相思豈無益

登控粤臺

秋色滿天地秋聲四野哀光陰驚旅客風雨獨登臺五嶺
飛雲冥三江捲地來壯懷與陳迹愁緒幾時開

夜霽訪箬園不遇

皓月出林薄池荷送晚香偶因霽微雨隨意度芳塘爲訪
龐公宅聞過通德坊幽人冥行跡寒色夜蒼蒼

江霽晚眺

秋色幻詩情秋光接杳冥雨從今夕霽愁入暮山青行跡憐浮梗勞生嘆轉萍扁舟雲水外何處問芳馨

寄巴客

簾捲西風又一秋離懷千里寄巴州江陵夜雨思歸客不爲啼猿亦淚流

過吳氏廢園

苔蘚蝸涎四壁侵重門春鎖夜沉沉多情秪有將殘月尙向歌臺照綠陰

陳第五

第玉字石門鬱林人嘉慶閒歲貢生

福州西湖曲

西湖千頃藕花香湖心亭在水中央四面田田蓮葉綠鴛鴦飛傍堤邊宿湖橋屈曲紅闌干湖船盪槳雙鴉鬟鴉鬟綽約顏如玉低頭學唱採蓮曲湖中蓮花似臉紅湖邊山色如黛濃直把西湖作明鏡鏡中掩映千芙蓉及時行樂無拘束只望秋風莫相促秋風起處萎芳姿歌殘水調無人續

萬松關

鄉夢七千里歸心逐白鷴馬蹄深樹裏人語亂雲間辭刦
武夷月言尋勾漏山紆迴循鳥道歷歷數煙鬟

聞海遇風

海船忽生翼飄飄任所之波聲自激怒人力費支持轉瞬
幾多里驚心無了時移情在今日客路概如斯

周士熊

士熊字漁溪鬱林人嘉慶間諸生

田間卽事

前山雨過澗潺湲細麥含風浪滿田最是晚晴堪畫處棻

花黃到夕陽邊

周 壽

壽字容山鬱林人嘉慶間諸生

老將

幾載登壇握虎符揣摩韜畧掩孫吳山川慣識三邊險蛇鳥精通八陣圖報國昔曾輕馬革談兵老尚捋虬鬚數奇未佩封侯印挂劍歸來汎五湖

楊立元

立元字祿菴馬平人嘉慶間諸生有扣舷吟

午睡

高枕南軒一夢成困人天氣半陰晴醒來寂寂日停午風過疎林作雨聲

夜宿五羊驛

柳岸秋聲草際蟲客船悄悄月明中不堪情緒紛如此消受江樓一笛風

羅翾鵬

翾鵬字霞曙東蘭州人嘉慶間諸生有綠雲詩草

屋外竹

萬个篔簹繞屋東淡青濃翠雨烟中輞川易學王摩詰淇澳誰知衛武公何術解醫今世俗此君偏有古人風敲窗不作尋常響鳳舞鸞吟下碧空

種花

買花容易種花難鎮日園中仔細看繁簡要他歸恰好詩情畫意滿欄杆

黃之裳

之裳武緣人嘉慶間　恩貢生有有丹齋稿

望木山

陡險勢巉巉奇姿莫可狀高下屹三峯參差儼相向雲滿罏烟橫鏡臨山月上蓬萊何處歸縹緲令人望

秋江夜月

棹向江城晝涼生日暮秋蘆烟夅鷺渚水月老漁舟浩渺長天碧紆迴曲岸幽笑言今夜興暫似志和不

六旬自壽示二三子

夢蝶飛花境晨鐘欲覺人丹鉛雙鬢雪詩藥一囊春杖履優游始泥塗甲子頻云何娛此老桃李幾枝新

過起敬灘伏波廟

共視撈流穩舟行若有神秋高風凜凜水落石磷磷績並雲臺將恩聯漢室親晚成誰大器寥落望江濱

張元驪

元驪字正調上林人嘉慶間諸生

賓陽別李恕齋先生

未能免俗詎能詩孤負黃花爛熳時且喜比來重晤對誰知此去隔追隨徘徊中道胡爲者仰止高山嚮往之從此天涯一樽酒江東無限暮雲思

袁昭馨

昭馨平南人嘉慶間諸生

雜感

階前種常棣階下鳴絡緯喞喞復淒淒淒淒軟如訾問汝亦何爲應惜流光逝草木有本根寒葵豈非計坐見曄曄花漸有彫零勢太息北風寒佇予中夜喟

南國有佳人傾城在一顧雲髻雙翠翹躑躅遲翔步麗質太輕盈造物偏能妬迢迢隔長河冥冥難飛渡既不聞語言何由得一訴新衣澣濯多漸已非其故采葛中谷前趯趯過毚兔

八月秋風高胡馬長鳴哀不因少伯樂負此不羈才骨相何離奇彷彿同龍媒所志在千里奮足莫徘徊風塵具奇氣道路爲誰開誰不聞燕市曾築黃金臺

冬日村居雜感

端居絕塵緣三冬足文史直從宋元明遠溯渾沌始茫茫貉一邱賢愚混生死對酒不能飲浩歎慨之子窗中東隣燃窗外北風起孰無歲寒心零霜散濛汜

庭前有寒梅幽香發華蕚對此絕世姿新詩未能作唧唧多苦吟絕類凍枝雀豈不耐歲寒轉盼恐紛落本欲折一

枝膽瓶得所托既非石與金安能長綽約

譚所賦

所賦字復初上林人嘉慶間歲貢生

淮陰釣臺

荒臺遺跡不堪尋惆悵英雄淚滿襟大業何如垂釣日清波早示急流心一江明月魚窺餌萬里悲風鳥送音莫話王孫當日事斜陽古木舊淮陰

石先揚

先揚字純心上林人嘉慶間貢生

杪

種竹

種竹垂清蔭、開窗調素琴、好將古時意。寫此歲寒心。

遊劉仙巖

飄忽隨來此。秋風爲颯然。長松寒過雨。遠壑淡浮烟。採藥那無路、淩雲別有天、共尋人去後、誰識鶴歸年。

閑居即事

老病身何適。春風屋數椽。蝶來花韻午。鳩喚雨晴天。晝永詩茶作、簾垂枕席便。夢游新得句。檢點舊殘箋。

秋日遊飛寺巖

攙雲尋古道
倚樹聽流泉　唐句

抄

渴就清涼地。迷途屢問人。攙雲尋古道。入谷斷飛塵。石乳蓮花疊、秋光爽氣新、蓬壺方丈室、到處即相親、

春宵漫興

居閒書劍吐光芒、夜共青燈照老蒼、顧影尚疑頭似雪、忘年肯嘆鬢如霜。一聲長嘯風生樹。三弄孤琴月滿梁。不覺鷄鳴春欲曉。滿天花氣露微茫。

黃景鵬

景鵬字靜軒武緣人嘉慶間貢生

遊黃道仙巖

昔人跨鶴去空剩一房山丹竈爐中冷雲封洞口閑巖幽
聲寂寂苔長印斑斑古跡依然在仙蹤不可攀

龔之琦

之琦字春皋永寧人嘉慶間布衣有風塵集

舟夜不寐

身倦意欲眠神魂兩不與一枕聚千愁寸心縈萬慮榜人
時欠伸童子作囈語隔溪喧捕魚鄰舟競飲醵野犬吠人
行饑鼩嚙物飫鄉夢既難成望天天不曙

順風行舟

録後

抄　抄

一葉帆如駛榜人輟棹閒舟頭喧緑水樹外走青山不覺前程遠眞忘行役艱何殊張博望直泛斗牛間

過牂牁江

洄瀾九曲萬重山石壁秋深瘴雨寒鄉夢醒時迷去路浪花聲裏下長灘身臨險地緣何事心到急流強自安吹徹蘆笙歸洞客惹將愁緒上眉端

將至家宿城東九鼎村

路遠青山水抱城馬蹄深淺緑苔痕烟開曲逕三台嶺州屬嶺名步轉迴塘九鼎村緑柳斷橋春黯淡碧雲芳草日黄昏

劇憐盼到還家日咫尺親幃隔一門

九日舟中作

獵獵西風嘯九秋潺潺灘水夜停舟清樽有酒不成醉紅蕖如花偏動愁華髮易侵游子鬢茱萸難上遠人頭家山孤負題糕約卧聽漁歌度別洲

韓江晚眺

湘橋流水綠潺湲徙倚郊原薄暮天斜日影隨高塔落小桃花出短籬妍波搖遠岫千重翠月上平城萬井烟纜渚風清村舍靜居人猶自憶前賢

過柳城

寒烟處處飛花雨遠郭青青楊柳堤醉後綠條曾繫馬酒家仍在板橋西

蕭清香

清香字孟發遷江人嘉慶間貢生官馬平縣教諭

九日登鳳巢山

昔年曾此駐征車今日登高菊有花郭外舊山縈夙夢鬓邊秋色又霜華銜杯我欲尋陶令落帽人誰似孟嘉卻對江天增客思白雲深處是吾家

滕檝

檝字敬濟上江州人嘉慶間諸生

勵志

同此軀骸共此生誰言畫虎竟難成斯人自古皆能鑄吾道從來大可耕鑿竅何曾死渾沌伐毛始得入蓬瀛元珠未必無尋處惚恍之中有象呈

中秋月下彈箏

金井梧桐雨始乾遙空冰鏡正團圞輪高萬點星光淡夜靜一天霜氣寒玉宇瓊樓空自憶清歌妙舞爲誰歡消愁

幸有銀箏在危柱哀絃手自彈

袁昭采

昭采字煥之平南人珏子有對松軒小草

晚眺

晚步繞林壑風寒木葉飛遠山斜照裏一客荷樵歸

春日偶成

正喜春來得早晴無端細火又將成阮孚且蠟尋山屐恐

礙花時出郭行

袁昭建

昭建字樹之平南人有植桂軒小草

秋日舟行

曉色辨熹微推篷見釣磯烟開雙槳轉帆動萬山飛浪險
人無語風寒客換衣漁舟收宿網又得錦鱗歸

袁䶮

䶮字鼎才平南人嘉慶間諸生有友竹居詩稿

閒坐

獨坐成寥寂閒從小苑遊偶尋花對語恰好月當頭風雨
霽今夕關心又一秋誰憐此時意搔首悵悠悠

早行

霜氣壓邊城微茫月尙明小橋尋履跡高樹作秋聲去去將千里勞勞又一程不知山色好漸覺曉雞鳴

早起

曉起啟簾櫳濃陰一望通柳梢斜月掛梅影淡烟籠香爐頻添火襟寒正怯風低徊花落處檢點數殘紅

抄

三管英靈集卷四十八

福州梁章鉅輯

朱行采

行采字此軒臨桂人道光二年舉人官西林教諭

九日登棲霞山碧虛亭步友人韻二首

碧虛亭上俯晴巒幽壑靈嵒縱目觀老樹含霜新著色薄雲銜霧暗生寒兵排酒國齊攻易壘築詩城欲破難逸興遄飛誰得似入雲鷹隼向空摶

霜枝點綴滿園秋得得招朋作勝遊隱逸花開陶令徑別

離人上庾公樓因憐舊雨歌常咽欲琢新詩韻屢搜莫向夕陽問歸路相思江畔木蘭舟

黃會翰

會翰桂平人道光二年舉人

汪十丈得梅

人欣逢雅客梅亦得知音曲徑宜清蕊殘冬伴寂吟雪中高士夢月下美人心徑欲攜樽訪窗虛夜未深

張炳璘

炳璘字懷聖藤縣人道光二年舉人

自嘲

博得虛名愛讀書塵氛俗氣幾時除捫心試把前賢証一事何曾簡冊如

張元衡

元衡字穆堂上林人道光五年拔貢生官刑部江蘇司小京官有病中吟

夏夜獨坐

心香一縷不須焚獨坐空堂夜向分螢影雨餘依草出棋聲風定隔簾聞當年豪興濃於酒今日浮情散似雲磨兟

松煤揩繭紙新詩裁向北窗勤

商青濬

青濬字麓原臨桂人道光十一年舉人

觀段春堂畫魚

四壁淨如拭簾紋漾晨曦但覺好風來素練生漣漪丹青
誰擅寫生手脫腕游鱗躍清瀏赤鯉暴腮鱖魚肥見人便
欲揚鬐走蒼茫暮色生寒烟泳游在藻潛在淵老蟾推波
夜潮起蕭蕭蒲葦江搖天龍門突兀三千丈問爾何時拔
銀浪我亦頻遭點額迴江湖不復能相忘對此如讀秋水

篇使我心在濠梁上

答勞雲岑

君不見衡山突兀撐青天祝融紫蓋相鉤連長江西來急如箭倒影欲動蒼松巔馮夷跳波老蛟舞凌風欲往徒茫然忽傳雲中雙白鶴徘徊南戲蒼梧烟前年初逢楊伯起神寒骨冷凝秋水酒酣掀髯爲我歌風塵自古無知已蒼鷹蟠空黃鵠舉我有高陽舊儔侶意氣關中敵灌夫風流白下傳張緒尋君愁無千里車鴈足忽墮空中書雲山蒼茫未識面其意已重千明珠如公古道邪可得肝膽輪囷

天地窄詩成十幅青瑯玕筆勢翩翩寂奇特調苦如彈瑤瑟哀神清欲奪灕江碧聲氣全憑一紙通精神不礙千峰隔三更喚夢愁天雞摩空願借仙禽翼聞道明年銀榜開蟄龍忽欲驚春雷白浪如山潑江去問君挂席何時回桂嶺峰寒客難到丹楓黃菊皆詩料何當直約松陽生洪崖拍肩同一笑

棲霞寺題壁

行行蒼翠合松色淨塵容坐石僧無語沖烟鶴有踪燈明虛殿梵日出半山鐘即此得眞趣無心萬戶封

晨起望湖山

侵晨不能寐起即對寒峰林杪露山寺上方聞曙鐘晴嵐和露滴古洞倚雲封遙憶遠公座攜琴欲過從

途中即事

我行履南畝大麥時已黃老農欣有託遊子思故鄉樹色媚晨潤溪聲生午涼相思在灘水片颿明夕陽

景州道中

熟梅時節雨晴初一路香塵走傳車麥氣浮來平野潤枳花開出短籬疎暫消鄉思傾新釀欲典征衫買異書指點

雲林蒼莽外故園風景近何如

李錦業

錦業字心一宣化人道光十二年進士官翰林

舟行即事

水漲中流闊扁舟去轉輕片帆移岸影雙槳挾江聲人向樹梢過月隨波底行客懷無限意聊與白鷗盟

擣衣詞

南向征鴻逐隊飛沙場人遠幾時歸敢嫌秋夜清砧冷塞外風寒透鐵衣

年年空望大刀環擣盡寒衣淚雨潸可有西風憐怨苦砧聲吹送玉門關

曾克敬

克敬字茳潭平樂人道光十三年進士官編修

二月望夕由湘陰入湖南風大作乘月夜泛詰朝過洞庭君廟亭午已出巴陵口矣長歌紀之

我聞洞庭四萬八千頃東控彭蠡西黔粵噓噏衆流張巨浸飛湍怒擊巴雲高禹功疏鑿迹已杳晦明往往神霧朝揭從湘源濫觴來復瀏涞漉記所遭昨下湘陰望湖口九

江汨投隨洪濤長風吹月半天紫倒影星河入湖底舳艫
銜尾蔽空行怒帆亂颭檣烏起浪頭坌湧擢如山踏破晶
宮駭龍子蒼雲欲裂閶闔參差江妃瑟絃風間之翠旃孔蓋
倐影現粼粼魚媵來何遲老仙擫笛侑我酒鮫人出舞夜
闌後夔跨蒼虯從帝游張樂爲享咸池奏金銀臺闕何崔
嵬羲和叱馭鞭若雷砉然一覺曉霧霽五光十色垂霄開
曈曈日氣射湖煙迴視大地無纖埃天長鳥飛疑不到神
鴉萬點胡來哉舟人初指洞庭廟白酒黃雞事祈禱拜舞
迎神曲未終靈香散作朝烟裊眾船欲泊不得停瞠視無

語心魂驚有如萬騎絕大漠啣枚疾走唯行聲冰戈鐵棚森在耳轉帆忽斷君山青須臾出險眾相賀吳歈楚些喧巴陵我亦舉杯快奇遇胸中芥蔕消何處郄望岳陽下泊千艨艟烟波莽沆愁南去

湘中絃

洞庭月出波含烟霓衣霞珮來姍姍紅冰淚溼綠雲下懨還湘流入絃寫鮫人啼血龍女愁洪濤雪捲君山秋曲終心飛翠華逵海枯石爛心不轉

黃河曉渡

霜清聞晝角客枕落黃河日射搏桑曉星流碣石多懸堤
奔渴馬濁浪駕橫鼉欲泝蒲昌海滔滔九折波

出都言懷三首

挂壁一長劍頻聞龍吼聲風塵聊拂拭星斗忽縱橫士可
輕彈鋏時方謝請纓崆峒吾欲倚休更向人鳴
十年說經濟贏得素衣塵敢幸存儀舌猶宜惜政身浮名
餘做刺旅食厭勞薪此日論行止吾方愧古人
祿養嗟無術游蹤達亦非誰云毛義檄能敵老萊衣烏烏
春相警白雲秋更飛寄書知達否昨夜夢先歸

連日陰晦泊大宜渡

野色暨蒼莽扁舟湘浦西雪如春夢嬾天向客頭低水氣寒生枕炊痕煖入谿關山正綿杳愁絕暮猿啼

雨後步原上

林烟踈欲絕新綠擁成村古屋臨春磵桃花流到門地如粟里僻民有葛天存遙羨持竿叟無言坐石根

登湘山寺浮圖絕頂

海風獵獵鴈群忙吹落松雲入蕙纕山勢南來開百粵江流北走匯三湘中天珮引遊仙馭下界鐘聲選佛場手把

芙蓉叩眞訣浮生合嚥紫霞餐

放舟

昨宵風雨溪頭泊紅杏當樓柳拂堤春夢曉來無覓處片帆遙指亂峰西

黎文田

文田字雲耕臨桂人道光十四年舉人

余館茶城時當季秋淒然有歸志作此以别諸君子

驊騮艱重負俯首辭長韁倦鳥思歸棲風雲難自翔物性各有託安能羈四方良朋時在坐毎作知己匡攬袂前致

辭願言訴衷腸賤子生不辰早懷怙恃傷束髮受詩書爲學期自强聰明盡汨沒昂首思騰驤三獻足已刖貞璧失圭璋從茲負羈紲奔走道路旁去年過瘴嶺泥塗裹行裝今思買舟楫貧賤乏餱糧日落山城高關河杳茫茫空齋寂無人庭草散晚芳涼風起天末明月照中堂蟋蟀已鳴秋屋瓦生清霜彷徨不成寐俯視淚沾裳歲月既已易懷抱徒自量來日復如何敢論行與藏從此謝故人行色彌蒼蒼故村多落葉日暮沙色黃但乞尺素書嘉惠如明璫聚散本無期感子行誼長

勵志詩

疾風顯勁草寒雪秀孤松貧賤各有得豈非天所豐志節在滓厲智慧存陶鎔處境有約樂守志無汙隆內逸外可補道亨厄乃通蓺性無龍蛇安能處其窮古人未富貴志已憂時艱功業建有時猶靜長愀然以此憂患心四體遑投閒而況敢逸樂坐廢時與年士行常運甓祖生先著鞭功名耀竹帛志氣爲之先處事慮無術患難非吾憂學業未自信艱鉅時相投古人豫乃立智不與物侔利害猝其前跋疐如鷙猱志帑氣已

抄

餒安能建謨猷所以古聖賢慮事求其周
名士如畫餅曷能充我飢王衍尙清談晉代以陵夷卓哉
卞令君名教張四維忠孝堪濟國虛言安所施古人尙樸
實此意予所持至性格天人何事文與辭

五日感懷

休嗤心事曲如鈎那識中腸萬斛愁半載辛勤雙旅燕十
年蹤跡一沙鷗漫勞艾葉床頭搭欲覓菖蒲海上游太液
錦標人已奪且尋梧杓待鄰篘

曉發恭城

寒氣侵人入酒卮有興應怯曉行遲荒雞斷續雲深處殘夢依稀月墜時看到舒眉山似畫吹來沾鬢雨如絲頻年露宿風餐慣記取長亭贈柳枝

陳星聯

星聯字季和臨桂人道光間官廣東仁化縣知縣

珠江秋感

大江潮退靜無波一夕帆檣下尉陀當日樓臺天外起此邦珠玉古來多空聞西漢傳兵艦猶是南朝豔綺羅桂下水沈亭上翠秋風都附素馨歌

天極南溟詄蕩開乘槎有客獨徘徊豈無謁者裝金去幾見仙人持穗來貝葉綠虛虞子宅木棉紅過粵王臺年時擬補南征志四月荷花九月梅

一分涼信聳吟肩感逝傷懷總黯然江樹雲沈千島雨海門風定萬家烟秋陰莽莽呼鸞道夜月茫茫放鶴天十載羅浮三負約梅花香夢幾時圓

無復秦王避暑庄二禺祠宇晚蒼蒼蒲桃未易嚴關塞蒟醬何期啟夜郎木難珊瑚蠻女佩黃蕉丹荔美人觴棲霞山色杉湖月獨隔南雲夢故鄉

徐岱雲

岱雲字蓮峰臨桂人道光間諸生

鴈字

斜行隨意學雕蟲揮洒淋漓一氣中雪嶺飛囘疑曳白楓林過處欲描紅書傳遠塞雲封冷爪印平沙荻畫工結搆天然應可識何須載酒問楊雄

答林咸池寄霽月齋詩草

騷壇樹幟鬬才華輸與孤山處士家鶴老瘦添詩裏骨梅寒香沁筆頭花名緣多藝稱三絕手爲工吟慣八叉料得

詞林應借重不容和靖更餐霞

杏花

竹外牆頭枝兩三輕盈一縷晴烟含玉樓人醉情思倦酒店風高笑語酣二月繁華歸上苑一春烟雨嫁江南慈恩寺裏花千樹走馬長安擬共探

新柳

昨夜東風到水濱一枝漏洩霸陵春楮分碧玉猶嫌嫩色渾黃金尚未勻珍重緣衣酬學士安排青眼對詩人柔條好繫韶光住常與鶯花作比鄰

此首漏刻題目

抄

新月

爲鏡爲鈎總浪猜何須搦管費敲推多情應是張京兆初向嫦娥畫出來

陳星麟

星麟字玉書臨桂人嘉慶間直隸州同知

蟲語夜初更輕帆罷遠征月明沙似雪邑小嶺爲城聞犬知村近題詩紀地名鄰舟誰顧曲懊惱管絃聲

昭平

乞食曾來此昭潭深復深人家流水曲竹木古城陰客夢

抄

無長短浮雲自古今飄遥仍故我照影愧清濤

過横查喜晤魯春庭

回首東門别西風近五年相逢蠻徼外又是早秋天凉雨欲沾樹離人獨上船今宵逢底夢歸路共山川

同人遊鱗園散步城東遊淨芳園登海印閣得詩四首

不辨城東路沿溪度板橋野田多負郭池水暗通潮海國無鴻信空林見鶴毛日斜歸未得去去獨無聊

鱗園依綠水茅屋自成村藤實紅垂戶桐陰清到門新魚

出秋沼饑雀下空軒各領濠梁趣歸須置瓦盆

南國無霜雪冬林晚更青近松窗易夕愛竹戶常扃茗味留禪悅山容冷畫屏分來功德水隨處有支硎

御風上高閣海印碧空圓西嶺如飛去南溟在眼前濤聲湧初日帆影落遙天不盡蒼茫感扶胥下鋏船

鄭仙祠

近局何須墊角巾嶺馬冬日尚清新神仙愛看西樵月花鳥都忘南漢春老衲倚門閒似鶴孤峯當戶瘦如人前榮時有羅浮蝶擬托靈符問玉眞

抄

黃圻

圻字逵之一字湝蓀臨桂人道光間布衣

崐崘關 南寧府東北

崐崘關何岧嶢老榕遮路行偪仄猺獞窺客如山魈當年廣源蠻據關勢無敵朝廷枉自馳羽書邊徼年年飛金鏑銅面將軍用兵神誅者三十有一人具糧當出歸仁鋪軍士震懾無所顧三更宴客張春燈將軍佯醉更衣興白旗一麾頽雲落萬馬蹈關關爲崩奪得崐崘如掣電戟門歡呼更酣讌明日斃者衣金龍紛傳血染賓彼儂將軍知詐

抄

不敢誣豈唯韜畧亦何忠吁嗟乎時平關廢無啓閉過客憑弔謀一醉馬頭忽忽開心顏明月飛昇大如盎。

鈷鉧潭 湖南永州

有客籲昔古之仙踏莎行吟忽千年澄潭清冷蘭若欹石磴沄沄瀉秋月金飈微動波不搖九嶷寒翠如可招一星幽火何處響老漁夜深來打槳

綠珠井 博白

畫眉窗外啼春曉金井生寒轆轤繞綠蘿村裏幾家居雙角山光至今好梁家有女晩糚遲刺桐花底獨含思文禽

飼寵綠鸚鵡名果擎殘紅荔支何物採使豪且侈明珠三斛驚鄉里渡口爭迎桃葉妹賜臺漫比蓮花伎金谷高樓獨報恩繁華回首豈堪論一泓不是胭脂水曾照當時別淚痕

馬總柱

我聞銅柱名創自馬文淵厥銘只六字功德何巍然公之精靈在百粵廟前湖洞金濤月夜人萬載攝其魂況有儒將為公孫君不見扶風馬都護更向交南立銅柱畫角秋寒昭德臺至今雲黑桄榔樹

龍街里 平南

萬口爭傳梁狀元倚門一賦何凄然白頭望子心悄悄願乞骸骨放臣還放臣還君心憐厚賚辭不受請將丁糧一歲蠲蠲糧免役州人感狀元行誼古來罕廟食於今祀不衰巫歌大招魂應來紫袍白馬乘潮起靈旗縹緲龍街里

顏公巖 臨桂

桂嶺環城如鴈蕩此峰屹立無所讓樓觀參差礙雲端鐘聲清晝鏗闌干其巔三百六十級搴衣欲陟愁躋攀山麓有洞何幽敞石床琴薦慈戃恍寒翠忽破林鳥鳴幽絕併

無道人訪緬昔顏公此讀書侍從不來閑隼旟矯如鸞鳳翔雲表惜少嵇阮來結廬五詠虛堂無遺構夫君沈想莫余覲

越王船

赤雅蒼梧郡有銅船沉於灘天霽水澂隱隱見之云伏波所鑄 一名越王船見歎肺 聲井州

青銅萬里磨獅洋海溯飛立大魚翔老蚌吐珠寒有芒金支翠羽靈風颸恍惚銅舩泛中央冕而旒者彼何王百靈朝護來趨蹌䥶䥶鼘鼘侍兩旁簫鼓徵鬪仙樂長龍子夭矯歌喉揚我欲從之恣徜徉須臾帆檣不可望平鋪靈綠烟蒼茫神物千年有晦藏

元祐黨籍碑 并序

在桂林龍隱巖宋鈐轄梁律刻於慶元戊午吉州饒祖堯跋之融縣亦有此碑則沈暐刻於嘉定辛未相距十四年二君忻其祖與涑水眉山焰燿千古以家藏本重刋之非崇寧中原本也

道君嗣統壬午年京賊一網殲諸賢端禮門外初勒石九十八人鈎黨連是時宰臣無一在睢盱廊廟恣其權明年更爲附麗之頒之州縣監司長吏鐫毀則奪官存編管不許詣闕投窮邊並鑄寶鼎當魑魅呑屠快意膚無全乾象

示變黑眚見欃槍半夜森長天五年奉詔爲出籍金椎夜碎人爭先名不可滅語非妄如日當午奎在躔桂管一碑獨完好詩名剝蘚生雲烟得勞至今神呵護遂令三百九人皆流傳剛峰搜羅細加考海忠介有黨籍碑考敦頤綜覈詳爲編龔敦頤作黨人列傳譜述百卷王珪章惇未遑辨數行漫漶蝌蝸涎碑末數行剎泐章惇下有王珪字隱然可辨後入妄鐫入內臣王道之側融縣則王珪名在章惇之上與慶元刻稍異我聞梁律昔鈐轄摩挲遺本心悁悁又聞古嘗有沈暐亦鐫玉融之真仙嵒名幸其祖宗附名德得並涑水兼伊川深書顯刻聳霄漢巉巖不憂陵谷遷硬絹一尺走可搨墨華晶

抄

光瘦蛟蟠太息汴墟石未泐圖書復籍榛莽捐上皇北狩倉皇極公相南竄性命延往者甘陵後復社宵小敗國殷鑒懸撫碑作歌意惝怳上書伏闕非徒然陳東上書請斬六賊

銅鼓歌用昌黎石鼓歌韻

我聞越駱鑄銅鼓蠻酋獠奴舞且歌精金攝收盤瓠魄雲敲雷爚夫如何交阯女子能作賊銀釵擊鼓揚琱戈漢家璽書拜新息虎門振旅長鎗磨金漭搗穴收遺孽頒示漢約犂蠻羅銅柱屹立分茅嶺厥銘六字功嵯峨戟門鐃鐲鏗銅鼓花腔盧沙闐峒阿丙庚齖⿰齒盧摹舊製⿰言龍壓魄虜神

護呵禮　包復獻宣德殿鑄以騕褭形無訛平生夢想未得
見嗜奇但覺胸盤蝌蒲牢夜走金蟲怒往往陰雨鳴靈鼉
三過豈必桐魚桴晶宮欲網珊瑚柯臽星熒熒沖虎氣狂
飈獵獵騰龍梭嗟同石砆毀贔屭那復鏑篆躩虬蛇大腹
彭亨幸無陷誰與可負勞夸娥　神京遠舁未敢必胡乃
再躍滹江沱從來至寶有顯晦昌黎石鼓紀元和纖鱗貫
柳惣殘蝕猶復度量拂臼科猩唇作硃鷴斑綠定當口呿
光怪多蟕蠵紋斜篆黃膜安留不須載駱駝想經埋沒壁
水府蛟龍潛遁不敢過扁舟夜泊驚鞺鞳濤聲鼓聲爭礲

磋支祁一朝失所守汾陰獻瑞江不波中丞得之何鄭重
晝簴貫倏懸無頗一擊再擊長鯨吼羣猺膜唄安知他築
亭樹石鎮百粵賓僚詞賦非娛婯眼中突兀見神器古色
著手三摩挲當年朱鳶銜毒霧老翁矍鑠馬上哦旌纛蔽
天控蛇烏樓船出海排鸛鵝豈知至今崇廟貌蘆笙合樂
賽猗那文犀薏苡安用誚壺頭未足傷轗軻豐功萬載鑾
徽懾秋笳畫角森關河我歌銅鼓頌功德年年報賽無蹉
跎

將軍嶺 博白

十萬貔貅夜踏關馬頭明月大于盤將軍偶駐巒中嶺猿鳥千秋膽亦寒

蔣一輔

一輔字郎生全州人道光間諸生

舟中遇雪用東坡書北臺韻

天風吹落玉纖纖一夜扁舟朔氣嚴詩味乍濃初似酒茗香新淡不須鹽望中樹影雲歸浦夢裏梅花月在檐笑倚蓬窗看衡嶽蒼茫七十二峰尖

荻絮紛紛撲亂鴉豐穰已卜滿篝車江波淡染雲藍紙樂

府高歌楊白花涼月二分驚鴈陣寒煙一抹罨漁家陽春
到我剛三疊數典何堪笑夜叉

踏雪登會肅堤晚眺疊前韻

坳堂真覺芥舟纖繞遍長堤勢整嚴此地幾時留姓字當
年公等亦梅鹽陸郎遺跡銀翻浪大帝行宮玉椽檐蠟屐
不妨同眺望瓊瑤踏碎齒痕尖
百里曾鬬門火鴉秪今故壘走牛車三吳事業空雲樹一
代興亡逐浪花江上遠峰皆畫本渡頭衰柳半人家登臨
憑弔歸何晚丁字誰分路幾叉

殘雪未消賈舫疊前韻見贈再和二律

冰甌濯罷彩毫纖趁韻何如兢病嚴東郭才名徵素履西池仙品比紅鹽誇多漫說山陰道門提都如矮屋檐遮莫雪中鹽餘慧粲花直到齒牙尖

衍波箋上壘翻鴉堤畔誰來問字車妙借紅爐一點雪催開瓊樹十分花大聲驚起魚龍宅壯志歌成湖海家唱和好援元白例題箋應寫作尖义

陳秉仁

秉仁字靄堂臨桂人道光間布衣

同人寇家園步月

客居苦無儔十日臥軒榥今夕人月佳信步得幽賞闤闠聲漸微視聽豁蕭爽古屋衣薜荔茂林雜栗橡嶺南霜氣薄生意餘莽蒼古檜皆十圍大竹動尋丈照水愈娟秀迎風自偃仰下田坼大龜曲徑蟠修蟒遥聞飛來寺尚有粥魚響苟非墮謫者哀樂一何朗斯時萬籟寂象緯逼天廣相與叩禪扉靜理參元奘

陳秉義

秉義字心田臨桂人道光間布衣

寇家園晚步

錯落野人屋青黄寒菜畦晚烟籠茂樹斜日下平蹊聊可
閒予步眷言懷所棲謀生輸老圃長占玉山西

遊寄園

扶病來看菊名園許暫過雙桐低接屋六枳暗牽蘿秋水
棲臺靜夕陽烏雀多晚風青桂落歸思滿巖阿

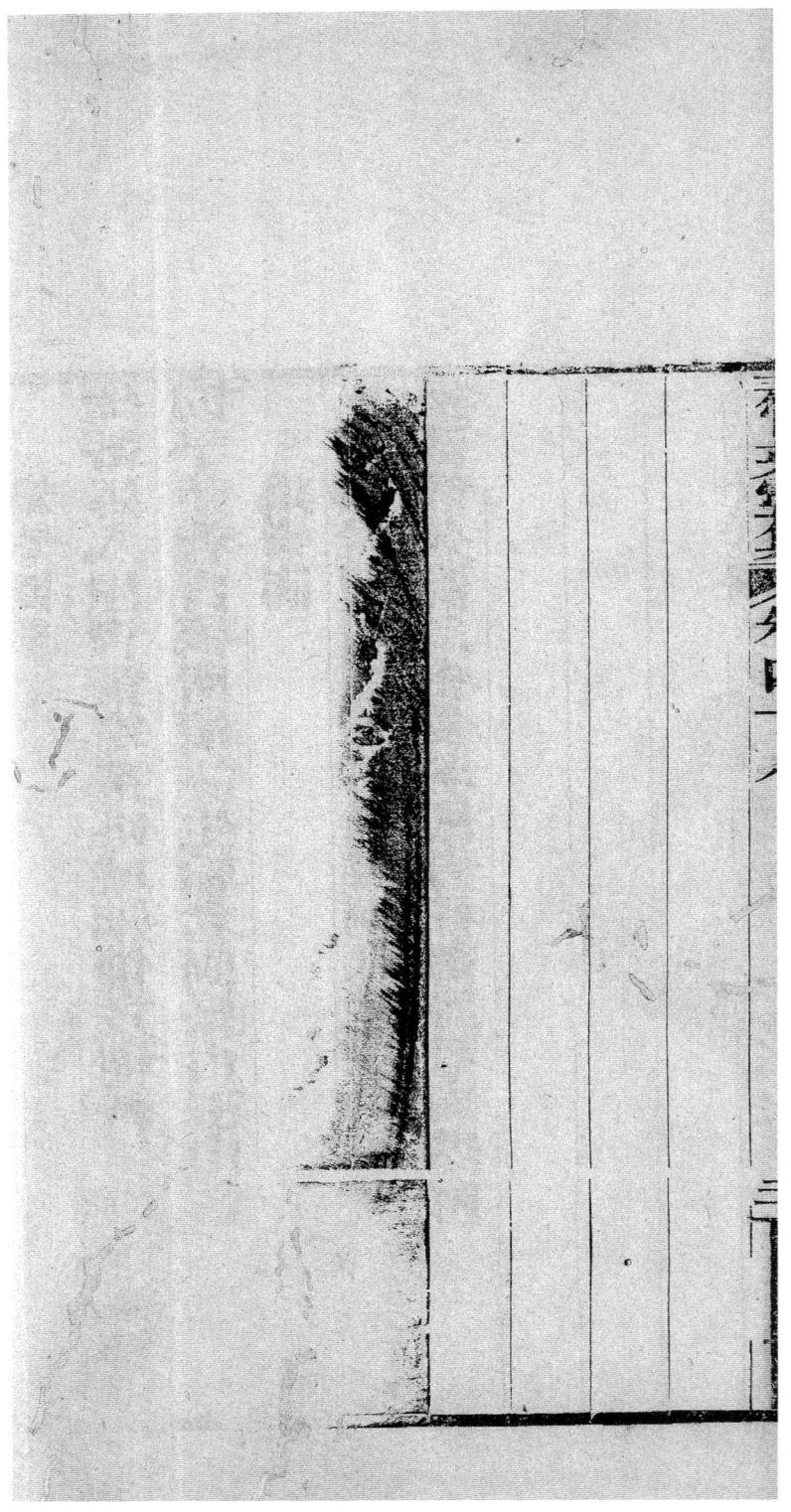

XD2379
:18

三管英靈集卷四十九

福州梁章鉅輯

闕修

修字梅生臨桂人道光間監生

時辰表

銅儀引渴烏玉漏呑蟠螭消息參太極世已稀見之異哉泰西人巧製矜神奇玲瓏測日表時刻無參差範金以爲質周匝牽游絲銅輪左右盤鐵軸當中施螺旋啟橐籥軋軋聲無薎循環觸牙動磨蟻旋針遲昏旦一再周子午分

高卑韜襲絶點塵小蓋裝琉璃鮮明裁錦囊安置無傾攲晶瑩露共函烏篆排離離佩彼襟帶間青紐垂紛披不斂馬上漏輕靈便攜持陰陽任明晦樞機盡黍登用使器效靈不煩人專司鳴鐘鏗一擊日晷交推移傳自海國來重譯獻心思我 皇勤庶務晝夜戒荒嬉羲和重申命欽若授人時

銅鼓歌

夔鑠將軍領南征舟載銅鼓灕江行訇然騰躍入江水蛟宮龍竄相縱横農民獲一獻大府丹砂翡翠輝榕城鼓腹

隆起鼓腰束旁懸垂紐寒絲輕蝌蚪模糊四腔鼉蟾蜍蹲
踞三脚擊世間神異不寡偶潯江波浪掀天鳴漁人奮力
舉之起隱隱復聞駢闐聲剜苔剔蘇露其面安置妥貼無
歆傾鬼神呵護不敢擊潮出潮入交送迎昔時樓船驅浪
泊營開闔戢琱戈明交趾雕題遵漢約舁戎韃門吐轟鏜
立柱殘弓憚越駱賓從徒御揚威名　今皇八紘妖氛淨
鐃鐸瘖彼百里驚文舞羽干格荒甸樂奏來兮聽和平此
物空教虔高閣雲花萃葆塵埃盈揎袖攘臂試拂拭銀鈫
一扣天地清

送梅雨

才聽玉笛弄江城又送黃梅雨後聲一片流酸餘錯落幾番惜別未晴明頻添風勢兼雲勢不問山程並水程此去和羹應有用作霖還望普蒼生

黃逢吉

逢吉字小坡臨桂人道光間諸生

題何六階江村竹閣圖

江天涀涀涵碧空竹樹低迷野烟積紅塵飛不到圖中高閣淩江厰虛白有人放眼昭潭秋一水繞岸從東流結廬

抄

豈必去人境汀鷗水鳥皆吾儔平沙莽莽暗村路誰爲稜家此留住木蘭芙蓉冷芳洲剩有秋風如此樹楊枝顯澹隕寒翠苦竹無聲墮涼露入烟不辨幾漁家雲水鄉中自來去我今塵鞅勞其身驂鸞思與烟霞親浮家泛宅擬何處頻年寄迹灘江濱祗今展卷臥遊去烟波浩渺懷伊人

相思渡

相思名古渡風雨欲愁儂離恨自千載亂山疑萬重心隨流水遠情較野雲濃嘆我今爲客停橈一撫胸

將達梧江寄竹泉少蘭兩弟

薄暝滄江冷秋風白露寒野雲低暮嶺遠水咽危灘月上
鷗眠穩林空雁影單明朝泊舟處手足强言歡

久聚難爲別蒼梧五日留楊帆九嶷外揮淚一天秋人類
相思草身如不繫舟分飛已無那明月復添愁

近歲不如意世情安忍論池花心不染野竹秀還存獻賦
才偏拙依劉席未温愧非徐孺子懸榻有陳蕃

升斗緣何急高堂有老親家貧疎骨肉客久慣風塵顯晦
豈無定功名當及辰祗令兄弟別賴汝奉昏晨

陳　玉

玉字梅史馬平人道光間太學生

古蓮池紀遊

奇峯陡飛來穹窿當南面一朵碧芙蓉亭臺遮不見峭壁挂烟蘿風雲倏忽變砥柱立中天鬼神互驚眩疾雷驅五丁劈開路一線曲徑窈而深艮遊幸無倦 午坡

當戶疊峯巒四圍森竹木花南硯北堂雅合詩人宿雕楹洞達開迴廊三十六高檐挂薜蘿曲徑栽松菊遥憶杜少陵谿邊曾小築 花南硯北草堂

老藤垂古陰緐英綴紫玉偃蹇如雙龍紛拏復拳曲涼風

習習生列坐忘暑酷豁然滌塵襟翻覺形骸俗卧處夢魂清對我鬚眉綠歲歷五百年烟雲自饒沃　雙藤架

一亭浮水心四面荷花繞誰將碧玉盤透出翠螺小烟波十畝香俗塵此中少拂牖垂綠楊壓欄迷紅蓼虛敞引芬芳清風時嫋嫋獨坐懷伊人溯游心未了　水心亭

空上釣魚臺釣竿每忘御俯此淼淼波魚樂人亦樂小倚赤欄干時見金鱗躍寫影滄浪清沽酒且須酌英雄未遇時蹤跡欣有託引余江湖思厭插塵中脚　釣魚臺

香國聚羣芳珠幢光四照中有百花神許我參衆妙天意

惜春色人生重年少風雲與月露裁剪皆詩料誰是謫仙人拈來微一笑 蕊幢精舍

一水跨長虹明月流無礙波影漾玉環團圝豔可愛龍女開鏡匳湘靈解珠佩人倚石欄杆如上金鰲背 鴨蛋橋

雙鶴去不還空餘棲鶴洞石氣冷侵人巖穴陰雲凍蒼苔一徑封青松影虛弄日留高士躅久謝神仙控游子乏腰纏肯作楊州夢 鶴洞

乾柴園小欄有鹿於焉老伏處年復年應悔出山早雖居園囿中何如林泉好見人鳴呦呦端爲思野草他時宴秋

風嘉賓鐏共倒 鹿栅

紅亭樓空翠突崎羣峯巔躡此最高頂快然如登仙閶風吹雙袖長嘯捫青天樓臺七十二奔赴來眼前歷歷若指掌在旁象萬千何日到蓬萊下視九點烟 一覽亭

甲午春偕友人及諸弟同赴城北看菜花

風信到田家菜花香十畝遍地布黃金能有此色否鮮豔洗繁華羣芳非其偶霞光萬點攢羣望驚且走老圃吾不如請學心已久一人抱甕來云是灌園叟叟言種菜花晝夜陰晴守幾擔挑入市難易粟一斗菜把日供官猶嫌未

適口菜傭忙菜花菜色常嗟有聞之輿忽盡澆愁恨無酒吾輩咬菜根滋味堪共剖

謁柳侯祠

天心每忌才文章亦憎命扼才才益顯安命命斯正先生謫柳州一蹶不復振教養溥仁慈歌頌寫忠藎悒鬱以至死傷哉在清鯁人爲先生悲我爲先生幸譬彼棟樑材困輪高十仞工倕思用之痛斲加斧刃譬彼空羣驥展足千里迅孫陽既相之羈勒斂其性先生居清要紳笏日垂搢不貶柳江濱經濟有誰信年少擢高科玉珮鏘厥韻愈窮

詩愈工幾與風雅近元和跨鶴來澤我龍城郡瘴雨洗山川蠻服開文運憶昔古聖賢遯世多不悶廟享自千秋洗淪何足論升堂謁遺像跪拜申愛敬令民不能忘於戲德至盛

謁劉蕡祠 在柳侯祠側

牛斗無光天地縮鬼神夜抱奇文哭但令登科盡汗顏吾人不遇何爲辱劉郎磊落人中傑古調獨彈堪叫絕年年豎子竟成名秋風吹冷雄心血大才未試怨遭貶萬里孤臣眞破膽拼將骸骨瘞蠻烟烏雀銜枝風雨慘平生命運

乃如此怨魄千年呼不起斯人雖死氣如生廟食歡鄰鄉天子冠佩臨風望儼然使君端不受人憐荒祠終古留遺假咄咄書空欲問天

二月十五夜不寐

寒燈小穗紅凝血花影濛濛寒食節子規啼月斗闌干一寸雄心滿腔熱長劍飛空欲割雲忍教埋獄同頑鐵卅載鑽研似蠹魚詩書堆裏爲巢穴衣食驅人槖筆游男兒莫謂輕離別點金無處覓仙方煉石何人補天缺吁嗟予持塵揮愁愁愈來荒雞三唱聲淒烈

二十九日舟泊桂林四弟桂生來迎　父柩適於江邊尋覓呼之始知相別八年音容頓易悲喜交集不禁淚涔涔下聊作長篇以誌慨

一人踽踽江干步心跡茫茫神四顧細詳容貌與聲音驚是吾家季子路推篷甫入滿船哭日月埋光天地黯蘆花瑟瑟風蕭蕭波濤怒湧魚龍伏八年離別一朝遇翻問阿兄來何暮自從屺岵陟生悲令人望斷雲中樹昨得兄書含淚讀知兄心與江流逐親朋聚問數歸期一家雞犬驚騰屋吁嗟乎父櫬羈留母倚門天涯游子屢消魂如知廉

更兒孫若試看麻衣血淚痕

暮春小齋即景

苔蘚青迷徑藤蘿綠壓簷鴨欄芳草護蛛網落花黏細雨
蝸升壁微風燕入簾林泉堪養性岑寂莫相嫌

赴大名途中雜詠

重歷讀書處趨堂跪拜恭不才難匹鯉老子信猶龍綠草
盈堦細黃花一徑濃前賢趙忠毅可許繼芳踪明趙公南星曾讀書於此地
競渡經滹水停驂宿趙州風塵遊子至雞黍故人留范叔

猶如此徐公莫與儔古橋仙蹟在曾憶昔年遊

癸巳九月二十八日舟抵桂林

山色歷逢翠江聲落枕寒烟波萍跡定風雨菊花殘計日還家近傷心行路難半生涸燕市辜負一漁竿

黃本儉

本儉字竹樓全州人道光間諸生有淡遠樓詩草

秋夜有懷

涼月當窗白庭隅獨倚闌夜深珠箔冷烟盡玉猊寒痴想憑詩遣離懷藉酒寬倏然清籟發幽意自漫漫

送春

春老聲聲杜宇中飛花飛絮太匆匆濃陰成幄園深碧軟草鋪茵聚落紅翠袖愁生三月雨羅衾寒怯五更風春歸畢竟歸何處送別天涯悵望同

黄士衡

士衡字子平歸順人道光間諸生著有漯邊吟亦幽詩草

舟中遇雨

陣陣雨隨風舟人亂掩篷寒生不成夏波漲欲浮空岸樹

滿新綠舟花暗落紅誰知飄泊者蓑笠共漁翁

周召棠

召棠富川人道光間諸生

從軍詞

白露西風塞草寒羈愁萬里夢家山可憐歲歲天邊月半照金閨半玉關

龍克健

克健字子剛賀縣人道光間諸生

長沙秋興

江上葉初落蕭蕭寒欲生旅懷隨鴈遠詩思入秋清留滯依朋友艱虞念弟兄湖南搔首望誰喻此時情

遊嶽麓寺

青山藏古寺鎮日白雲封直到幽深徑纔聞隱約鐘澗寒千歲鶴霜老六朝松壁上留題徧名賢問昔蹤

吳希濂

希濂字子溪馬平人道光間諸生

古意

君去大江流妾心泰山石江流不復還山石終古白

抄

采蓮曲

年年采芙蓉秋水汎橫塘花多人跡少歌短儂意長采之欲貽誰繫念不可忘迴舟下灣去驚散雙鴛鴦

神灘 在永福道中

我聞巫峽七十有二之險灘瞿唐灩澦空漫漫又聞長江萬里風濤惡白浪高于瓦官閣昔聞遊客述此言四座無言心駭愕今年江水溢江湍滿帆十幅秋風寒神灘突兀聳百尺灘聲聒耳愁烏蠻我舟輕如浮一葉雪浪漫江怒飛接翻然送船入雪去電掣雷轟倏飄瞥當頭怪石挾灘

抄

走方慮前攔忽在後我舟屈曲任顛簸但聞水聲洶洶蛟
鼉吼天風撲面狂逆吹不可當舟師窮於術幾覆水中央
我起四顧心茫茫出門幾日風波異使我見之心膽悸人
生自古行路難南山一畝行當置

蠻營

殲厥諸蠻盡芟涼騰此營寒山疑虎氣空闊落猿聲古壘
人誰築頹垣蹟已平請纓餘壯志四海正時清

題寒江晚棹圖

之子挂帆去滿江開杜鵑輕雷帶疎雨獨鶴橫蒼烟落日

語山鬼微波要水仙舟泊何處寺清磬一聲圓

有憶

芒鞋短褐遂平生傍郭烟村雨復晴十里亂雲楊柳繫半江寒日鷓鴣聲來同酒客澆花醉歸約山樵踏月行毎憶黃公泥飲處祇餘烟際暮鐘清

張敬

敬字鶴莊馬平人道光間諸生

欄杆和嚴匡山

畫堂俏立倚東風亞字排來面面工琥珀架連春鎖綠水

晶簾浸晚分紅長凝寶鼎香難散似隔芳塵路未通記得清宵搆詩思幾回拍碎月玲瓏

空階新雨淨塵埃朱檻成行迤邐開爲護芳情籠芍藥能通香夢繞玫瑰笛聲一曲秋如水花影三更月滿臺好是幽懷眠不得有人終夜幾徘徊

題畫便面二首

深深綠樹遶樓臺茆屋臨江迤邐開日暮蟬聲風雨岸藕花香裏畫船來

却將鴈影寫秋光何處漁歌唱晚涼一面蘆花三面水偏

舟揺夢渡瀟湘

消夏詞

門前菡萏一池花水榭風亭靜不譁短夢醒餘無箇事清泉石上誦南華

當風恰好試羅綃雪椀氷甌暑盡消愛誦冬郎可人句紅薔薇映綠芭蕉

碧筩飲罷酒方酣一座清風助茗談又聽兒童笑相報棗花簾外月初三

我是神仙住綠雲竹交松互碧紛紛何時更倩徐熙畫曲

水三分月一分

謝賓璜

賓璜字馨德平南人道光間布衣

采蓮曲

江南十里吹香風綠荃翠葯鋪雲紅江南女兒緋鬢影水邊笑泛瓜皮艇蘭橈桂櫂繡帆揚明璫翠羽芙蓉裳但向花間擷菡萏莫驚卅六青鴛鴦盪舟進入煙波裏水濺羅裙邊簪珥欲把芙蓉寄遠人弗辭刺觸纖纖指大婦勻眉蟣小婦凭船歌大姑小姑采得多阿儂欲采愁如何采蓮

孰識蓮心苦苦心獨卷嬌無語朵蓮孰唱想夫憐拗蓮寸斷絲猶連蓮花媚盈盈花花復葉葉葉薄如郎情花紅似妾顏妾住江南郎江北江南極目風煙碧歲歲花開郎不歸西風搖落深紅色

林鳳陽

鳳陽字寅臣臨桂人道光間諸生

紅葉

赤城樓閣錦江居片片裁緋散綺餘藍尾似曾經雨後丹心已覺見霜初楓橋野火明吳舫柿院濃箋染鄭書最好

影來疎蓼岸釣舟斜繫賣鱸魚
莫問王川與謝墩瓏瓏縹緲辨朝昏磯頭露冷烘漁舍亭
角烟寒抹寺門十月黃州重過坂幾家烏桕自成村倪迂
記取留圖畫一幅殘霞點綴痕

袁昭勤

昭勤字立傳平南人道光間諸生

將進酒

君不見劉伶嗜酒不知恥向婦詛作三公跪又不見畢卓
醉臥酒家側夜半大聲呼捉賊不勝杯杓眞庸才壹醉曰

宮胡爲哉我欲彎弓射酒鬼糟邱踢倒金樽開烹鳳脂擘麟脯吹笙簫伐鐘鼓呂望屠牛伊尹負俎左揖周公右神禹三爵不辭監史怒觴政森嚴罰童羖地湧酒泉天曜酒星聖人不能禁温克垂爲經嗟彼沈醉者中山千日常病酲我生不識醉鄉路旨酒薰薰在何處道逢卑卓與劉伶以手麾之漫曰去

袁昭同

昭同字立崧琁子平南人道光間布衣

春遊

春烟明李外流水送桃花是處多芳草前村半酒家野人皆豫暇繞徑遍桑麻幽意忽相憶追隨過淺沙

重過茂園風景已殊愴然有懷

茂園一曲聽驪歌獨有勞人喚奈何莫向春風悵桃李當年松柏亦無多

三管英靈集卷五十

福州梁章鉅輯

左樵

樵字穆薪臨桂人著有河干吟草

遊冰井寺

我愛次山叟當年此地過流泉尙無恙斷碣更如何萬本秋聲滿千山落照多登臨懷往躅搔首一高歌

喜湯柳門至卽以贈别

纔解征鞍又違離焦桐斜抱欲何之客中風雨愁分别病

後精神好護持高調只今逢俗好窮途自昔重交期難忘
後夜相思處月湧層灘半渡時

李　岱

岱字宗魯臨桂人

白蝶

慣尋芳徑度紅牆魂夢還宜傍玉堂柳絮庭除晴曬粉梨
花院落夜含香莊周幻影來虛室謝逸才思倚練塘可是
有情人不見風清月曉宿蓮房

王誠保

誠保字赤如臨桂人

古結愛曲擬孟東野體

悠悠比目魚游泳不相離鶼鶼比翼鳥飲啄常相隨魚鳥與人異只此纏綿意願言妾與君中道無捐棄掬彼蓮花莖寸寸絲難斷花落辭故枝裊裊游絲絆願將一縷情承以結郎心琥珀不遺芥磁石能引針妾質芥與針郎心珀與石願得結郎歡如膠復加漆

劉光烈

光烈全州人

抄

遊六祖巖 懷集

山徑蕭條古洞開白雲深鎖舊經臺半爐烟冷埋青草滿砌花飛點翠苔秦鳳空傳人跨去遼城幾見鶴歸來振衣直上舒長嘯或恐天仙暫脫胎

鍾儒剛

儒剛字卓經蒼梧人

雨中口占

涼氣襲衣襟午坐饒佳興風滿竹間樓雲陰花外徑須臾雨跳珠四山晝若暝歛鳥投深林流泉入清聽簷溜滴空

階碎玉聲相應披簑急歸樵行歌踏泥滓天色曾晴明海
棠醉初醒江上湧青螺危欄欣獨凭

撫署銅鼓歌

軍門日出嚴旌旗高數百尺矗堦墀金精閃爍樓之楣爭
誇銅鼓懸於斯此鼓製作自南夷伏波所獲武侯遺鑄敎
銅山神鬼悲法豈爾雅戲麻師體如坐墩面如棋空腹束
腰沇綠滋蟾蜍目瞪兩耳持律呂數向疊紋竅翡翠丹砂
光葳蕤想見南征陣魚麗山鳴雷動聲交馳烏蠻羅鬼心
魂离一擊再擊手相隨沙場月白霜風吹鼓亦有功安邊

陲丞相埋鎮孰考之將軍舟載事尤奇何年躍入潯江湄
銅鼓灘名至今垂旋得旋失勞扳追待
聖人出令則宜網來莫辨雄與雌土花澀縮渴蛟螭蒼苔
斑駁生蠵鷲鑾烟瘴雨任紛披在昔木石鼓傳疑蛇門雷
門傳過咎豈若戟轅壯軍儀南陽銅柱今已而神兮有靈
終憑茲一聲鞺鞳振鯨鯢猶疑血戰來酣嬉摩挲懷古心
嘘嚱神物顯晦終有時會當長揖效敷施奏樂淵淵伐坎
其歌詩共和蕭韶夔

題蕭鳴皐先生舊遊山水圖

世間久無荆關筆好水好山都蕭瑟眞宰英靈何寂寥誰
貯游踪歸几席吾郡風流蕭照翁淵源家學開蠶叢此幅
經營佈置妙墨痕化盡尤精工怪底堂上起烟霧憑翁示
我舊游處側身崇嶺上巑岏俯視空嵓飛瀑布東邊欲雨
雲滇濛估客帆檣爭泊渡西邊落葉日晶瑩老衲芒鞋閒
緩步咫尺陰晴幻化新林亭點綴倚江濱溪橋策杖此誰
子知是先生自寫眞自言萍飄三十載少壯同遊幾人在
二月清明下洞庭一帆烟雨辭湘海過眼名勝杳無存粉
本湖山終不改我聞此言神魂沮茶香酒冽重披圖幾回

諦觀揩老眼此身恍已入菰蒲想見閉窗伸紙寫朧下拂拂清風俱十日一山五日石少陵論畫何其迂忽思泰岱陰陽割昏曉海市蜃樓望縹緲江山如此始大觀會當從翁游八表白雲萬里飛去來歸寫鸞黃一朝了吁嗟乎爾今貧老不足憂殘膏剩馥人爭求翰墨睥睨輕王侯君不見朱門醉飽無所求此印餘子空悠悠又不見曹霸將軍雖坎壈丹青天壤今傳流

邵大石鯨移居招飲

先生錢塘江上住愛看錢塘江上山山川浩蕩逾萬里一

一收入胸懷間發爲文章有奇氣身外浮雲如等閒便泛
芙蓉池游憩蒼梧枝擇木不肯居棲卑神仙中鳥鳳凰儀
郄超姓字上游重阮瑀翰墨記室推世人祇重銀鈎帖誰
知吟壇飛將眼中餘子皆偏裨屈指識荆方數載嘗讀扇
底桃花詩蘭若紅橋遍涉覽歌場酒肆時酣嬉先生不覊
比曼倩先生風流如牧之日昨移寓城西街招邀飲我酒
如淮寒風栗冽吹簾幙落日黯淡盈書齋觴政三宣揮錄
事拇戰百遍雜詼諧歸來一醉竟三日酒氣生花花生筆
晨興晴雪滿江皋深林鳥雀鳴啾唧題詩寄與東陵子蘇

山山下鶴崗嘴蒼梧亦有好山水相期明年載酒遊寺春
之樂樂如此

山園看梅

鐵骨生來異幽香不易親山園一枝雪天地此時春流水
雲如夢孤村月不貧今朝相賞處索笑悟前因

獨秀山

平地青峯矗盤空曲磴連南天一柱石落日萬家烟雲物
清如許山河望杳然幽巖憑眺久愁聽晩鐘傳

旅泊

荒驛無村柝雞鳴識夜闌江昏人語斷燈小客吟殘鄉夢隨雲遠鐘聲渡水寒孤舟明日路心更怯層灘

北牖洞懷李濬之 李渤字濬之

仙吏未歸洛匆留爲此山巖花與溪月相伴一身閒舊屐重登眺清風昔往還可知談學處白鹿倘人間

溪行即事

閒來溪上步流水響淙淙芳草自佳色春山有笑容漁舟新柳繫村碓白雲舂何意逢鄉叟高歌載酒從

秋晚偕友過鼓巖堂東符師留齋二首

未覺秋風老藤蘿喜共捫逕危梯石骨堂邃擘雲根山色
爭排檻江聲直到門四圍陰木合錯認是黃昏
香積烹仙菌知他佛有情談詩僮瀹茗對鏡鶴梳翎有菊
人同淡無魚座不腥莫嫌歸路晚久照滿空庭

旅月

客子愁難遣滿床霜雪生他鄉逢月色獨夜聽雞聲遙想
深閨望應同萬里情今宵如有夢好傍故園明

哭涂巨川

天心不可問之子數偏奇多病生何益無家死更悲短碑

題處士倣篋檢殘詩與佛同香火同人以君神王入寺幽魂慰恰宜

湘江舟次遇客之浙者口占一律寄歐陽梅塢

經過楚尾與吳頭杳杳風烟屬素秋越嶺新霜憐遠客瀟湘明月照孤舟徵官羈紲軒中鶴舊約心情海上鷗多謝雙魚煩寄語尊鱸莫負竹林遊

讀晉史

牝雞晨唱壞金甌潘陸才華一代羞三語清談成底事八王兵甲自相仇兩宫北狩龍爲鼠江左中興馬易牛莫怪楚囚頻對泣河山滿目不勝愁

晚眺

炊烟斜起處漁爨倚前灘落日松杉盡千峯起暮寒

真君廟夜眺

牂牁之水流自西灕江之水流自北隔城夜靜燈火稀門外兩江月一色

吳宗伯

宗伯字克讓融縣人

楚江夢李簡齋

寂寂倚孤舟低吟一夜愁忽隨千里月同上故人樓把酒

家山在論詩郢雪流不堪長笛起獨對楚江秋

劉餺

餺字可文融縣人

春日過王監察故宅王名納講融縣人嘉靖間進士官兩淮巡按

春遊瀲蕩木蘭橈夾岸朱扉隔柳條津口日高鶯語細路傍花驄馬蹄驕垂陰古樹根偏露半落殘碑字欲凋一代衣冠文物地至今烟草露蕭蕭

張偉崧

偉崧字子貞潯州人

秋懷用東坡秋興韻

翹首孤雲任往還蕭條秋意滿柴關邊城晝角低殘照野燒西風過晚山病久求丹思妙術閒來攬鏡怯愁顏不堪寂寞林泉下坐對籬根細菊斑

毛三鑪

三鑪富川人

祝下明府

金嶺留仙跡桑麻萬里賒地因人始重名與詩無涯日暖農銷劍天春犬吠花鄉兹堪不朽達勝賦南華

王宰

宰字統綱容縣人

秋夜有懷

萬里浮光一望中欄杆斜倚思何窮梧桐照落三更月楊柳吹殘午夜風此境寂寥有過鴈今宵蕭索聽鳴蟲音書欲寫何由寄水遠山長到處同

余繼翊

繼翊字雄飛容縣人有續薛荔集

秋夜

毎畏經秋氣今宵夜夢殘風聲吹木落月色挾霜寒鄰院砧聲急江天雁影單幾回動愁思無語倚欄杆

盧建河

永淳人乾隆四十二年舉人任河南禹州知州

遊金臺

易水秋風冷斜陽上古臺千林寒樹密萬里暮雲開駿骨嗟前代雄才羨後來如何碣石路鹽駕倘龍媒

潼關

巖關高峙碧雲隈百二雄圖冠八埏華嶽三峯連堞出黃河萬里抱城來三秦烟樹人家密十道雞聲客騎催烽火

不驚鼉鼓息關門四扇日常開

何福祥

題袁子實詩後

髮半苦吟白人緣古貌驚琢詩期到骨入世耻浮名老幹霜餘勁寒潭潦盡清無求山水外一卷足生平

送盧谷黄少府引病歸里

因病動鄉思閑吟欲共誰相逢猶恨晚言别遽如斯雨重湘帆溼風薰檳瘴移蒼生方望切難與故山期

蘇文琪

登半是樓望大江欲雨

濛濛春色裏萬嶂拂城迴山雨點將至江雲溼不開殘春歸對水芳草繞孤臺試捲疎簾望飛花拂面來

晚過蓼村

西風初颯颯秋色滿前川對水明殘照寒山露遠天人家依竹外楓葉散溪邊驅犢歸來晚孤村起暮烟

江村晚步

風急晚飀飀清光散渡頭樓高先得月樹老易驚秋去鴈天邊沒歸雲嶺外浮幾回留盼處一半在漁舟

高士昌

士昌字言圃歲貢生

與劉友運夜話

勞勞知世味雞肋備經嘗病是偷閒地愁爲却睡方畫蛇嫌有足食蟹識無腸人事何堪問同君入醉鄉

黃士艮

春日詠懷

塵事抛都盡微吟復岸巾雲開江樹曉雨落小亭春日月催華髮湖山縱散人酒酣聊寄傲柳下聽鶯頻

陽朔道中

疊嶂嶙峋石色殷江聲竟日聽潺湲雨過東澗連西澗雲滿前山復後山人在碧蓮峯裏住船從紅葉岸邊還蓬窻不盡淸閒處幾個鷗鳧綠水間

王哲臣

登永甯三台嶺

地蘊天文象山排列宿形表區齊五岳得數應三星勢若淩雙闕奇還擘巨靈撥雲連步上奎璧映山亭

許兆深

兆深字春池有小丁卯集

野步

杖策尋春光出門信行止芳塍一綫明東西豁煙水日影在風漪倒漾竹笠底茲時獨行人觀心悟禪理霜寒醉楓葉山遠襲翠紫徘徊薛蘿間且住爲佳耳

麦潤

答友

昨夜夢中見今朝又得書茅簷喧亂鵲遠客寄雙魚欲晤同心友相期在歲除不知城外柳青眼幾時舒

三管英靈集卷五

三管英靈集卷五十一

福州梁章鉅輯

閨秀

陳瑩英

瑩英字端文臨桂人宏謀女

久雨初晴憶舊

梨花含雪態柳絮逐風輕窗靜人無事軒幽夢亦清離緒

三秋積愁心萬里縈暮雲懐憶切畏聽杜鵑聲

對月憶姨姪女

憶昔吳門別星霜數度移月圓常爾恨花媚每傷離音問
闊河沮聲容寢食思幾番清夢醒猶記共游時

輓烈女沈二姑

烈女爲浙江烏程人父齊義任山東壽張令乾隆甲午
値逆匪王倫之變倉猝遇害烈女聞信即投繯殉命大
吏具題請　旌事見邸報

正氣鍾天地新傳沈氏亡元娘堪比烈曹女可同芳尺組
孤魂斷幽芬鉅典揚令名千載耀彤史有餘香

七夕感懷

憶昔逢佳節同穿月下鍼傳觴留坐久絮語見情深繡院呈珍果蘭房理素琴良辰仍似舊雁字惜分襟

送春

爲慮東君去濃陰晝掩扉柳眠人意嬾花落鳥聲稀有種愁難斷無情春易歸已知留不得惆悵惜芳菲

丙申除夜偶成

數聲爆竹送年華列炬通宵映碧紗柏葉釀成迎歲酒銀鐺煮就祭詩茶烟籠北牖宜春帖香溢南枝帶雪花呵凍拂箋餞殘歲一天暮色應春嘉

七夕

雲淨長空秋氣生已知節物應商聲人間巧望蛛絲送天上橋凭鵲羽成半鏡斜懸河漢迴疎星高映斗牛橫良辰夜景清如許數點流螢繞砌明

湖亭觀採蓮

滿湖菡萏吐繁英照水宮妝豔色明數里香飄花似錦一亭涼映暑全清輕搖畫槳翻紅袖競蕩蘭橈撥翠莖幾度風來喧笑語倚欄延佇最關情

先文恭公諱日

盛暑重經歲月流每逢諱日淚盈眸追思舊範空千古太息仙歸已四秋恨抱終天悲未盡恩深罔極愧難酧香烟一縷抒哀悃奠醱無能使我憂是日不克歸奠

嘉平八日歸省感賦

臨別依依未忍歸宜家將母兩相違山籠曉霧愁凝黛林點輕霜色着緋咫尺萱幃思實遠聯翩鴈序見還稀傷懷萬種何能釋寂寞荒途淚滿衣

月夜有懷

木落閒庭靜晚風銀河光瀉斗橫空一輪素魄天涯共兩

地離懷節候同望斷行雲音信杳思隨落月夢魂通平安字就淸輝寫萬里愁牽五夜中

秋夜

宿雨初過晩更晴碧天如洗夜涼生風吹繡幙銀荷暗露溼花梢玉簟淸歸夢不堪蛩語亂離羣怯見鴈行驚滿懷秋思眠難穩漏靜空階月自明

秋夜閒咏和夢魚姪孫韻

殘月微微映綺窗秋懷難遣睡魔降蛩驚幽夢離思遶翹首雲天鴈影雙

蕭然秋思落誰家涼月微侵竹影斜郎景欲拈湘管賦沁牌先瀹雨前茶

中秋對月

坐對銀蟾夜不眠丁丁玉漏聽悠然團圞此夕休孤負一別清光又隔年

遺恨詞六首之三

彩衣失侍冷慈幃鴈字行分嘆獨飛可惜名園花滿樹自憐誰與共春暉

守身執玉廿餘年立志甘同金石堅不是紅顏仍薄命斷

腸心事有誰憐

薄命生成今古同空餘幽恨泣東風擬吟如許傷心句欲寫鸞箋恐盡紅

鄧氏

鄧氏宜山吳某妻能詩吳以罪被逮苦志守貞以歿有詩見慶遠府志

寄衣

欲寄寒衣上帝都連宵裁剪眼模糊可憐寬窄無人試淚逐西風灑去途

題畫菊

良工妙手恁安排筆底移來紙上栽葉綠花黃長自媚等閒不與蝶蜂來

趙宜鶴

宜鶴字松窗臨桂人山西隰州知州宜本姊按察使知事程獻燧室有松窻賸稾

詠古

晉人尚清談閨閣與之化驚才吟柳絮亦以虛聲播新婦配參軍斯言殊可咤欲解小郎圍居然張幔坐雄辯囿難

屈名教無乃涴嗟予論古心七誠宜自課

中秋

光陰愁裏度佳節病中過強起看明月淒其風雨多

寒夜

鴉棲林靜月如弓漏鼓沈沈小院東架有殘書翻欲盡鑪存宿火撥猶紅雪香已透梅千點霜節還憐竹一叢無計消寒聊索句挑燈危坐下簾櫳

舟中秋意

不盡長江日夜流水雲寥落迴含秋多情更有將衰柳一

路依依送客舟

哭大舅玉旃

猶有臨岐舊淚痕誰知一别汝難存依稀聚首三更夢開把新詩與細論

石禾玉

禾玉蕭縣人布衣石雙峯孫女監生朱忠寶室

梅花

春意芋堂雪影深枝枝如玉伴清吟不爭桃杏三分色自抱冰霜一片心夜月曉風香獨領石橋江路韻難尋曉窗

試得新粧罷鏡日相依愜素襟

七夕聞鴈

烏鵲橋邊雨乍晴人間此夕獨含情樓頭那更聞新雁欲寄迴文織未成

羅瑛

瑛字藍田平南人貢生羅肯堂女平南潘應昭室

落葉

四野西風起千山暮靄沈蕭蕭巫峽冷曲曲御溝深狼藉横秋色飄零感客心庭堦有明月瘦影對沈吟

蘭花

綺石支筵舊護持庭前花放一枝枝開當半吐香偏好淡到無言看倍宜月地雲堦都弄影湘烟沅雨總歸詩寥寥芳怨如空谷自抱青琴獨對時

春懷

漠漠愁雲黯不銷茫茫踪跡認紅橋青山如夢逢三月芳草無情送六朝似水年華傷綠鬓撲簾花雨到深宵可憐燈爐香殘後杜宇聲聲慰寂寥

送春

一春都在夢中歌其奈留春不住何斷岸綠楊猶帶恨遷喬黃鳥尚能歌紅顏綠鬢空寥落青瑣朱門自綺羅閒倚西園望南浦萋萋芳草夕陽多

聞笛懷家兄芝田

夜半淒然拓短窗誰人橫笛據胡床江樓欲落梅千片天宇遙飛鴈一行骨肉艱難惟爾我家園離隔似參商龍吟月下清風細入耳聽來總斷腸

送燕

簷前燕子任紛飛叮囑西風送汝歸繡閣簾垂憐獨處芹

泥香澆憶相依尋常百姓家都渺寂寞朱門影亦稀好向
雲宵珍羽翼天涯愁侶話烏衣

唐玉弟

玉弟灌陽人刑部郎中之柄女

灌陽縣志載玉弟年十七姊聯弟十五皆未字時古苗肆掠避亂於宅後花石嵓嵓臨深淵賊將及同聯弟嚙指血題詩於石攜手墜淵死

題石壁

姊妹流離並舍生長留幽恨作江聲一泓渺瀰嵓前水白石粼粼徹底清

唐聯弟

聯弟灌陽人刑部郎中之柄女

題石壁

白壁奚容稍有瑕深淵同墜亦何嗟惟憐歲歲秋風起望斷雙親哭葦花

秦璞貞

璞貞字湘篘靈川人福建知縣樹緒女臨桂舉人梛城縣教諭朱昌仁室

春日閒居

自笑平生癖攤書喜靜居人慚香茗慧詩學繡紅餘問字嗟何及無師識轉疎數篇蕪蔓積誰與手芟除

春望書懷

栁外茅檐竹外溪鐘聲古寺隔長堤春山隱約春雲掩野渡蒼茫野水迷連陣鴈歸烟塞北故園人遠夕陽西凭欄莫更臨風眺惆悵枝頭杜宇啼

寄小妹玉聲

自別知音信少人相思賴有便鴻陳愁中歲月催吾老夢裏關山見汝頻眠食邇來宜自愛詩篇舊日好爲珍莫言

已往渾忘却幾度看雲淚掩巾

秋日晚望

荏苒離羣歲月遒牽衣荻浦憶登舟疎籬夢覺微聞語落葉聲繁爲報秋莞簟紗幮猶卧病蒹葭烟水易成愁西風不解牢騷意一夜蕭蕭未肯休

春日有懷

初日曈曨啓碧窗花前迴繞蝶飛雙却憐烟水蒼茫外有客孤舟曉渡江

縹緲飛雲態自閒揭來隨意出春山相思欲得頻相見願

化春雲數往還

白　惠

蕙臨桂人舉人兆夔姪女

送黃耦賓先生回里

昨讀歸去辭讀罷淚沾臆問儂何所思儂非無思憶儂昔八九齡之無字不識教儂簪花書腕弱怯無力教儂木蘭辭慷慨重巾幗女子愧非才丈夫在立德不見黃先生罷官無愠色誰憐問字人送行獨心惻漫漫閩海雲淒淒灕山日歸家省慈顏爲儂告堂北桂林女弟子稔祖問寢息

與

抄

梁慧姑

慧姑蒼梧人諸生梁埈女監生羅文珍室

裁蕉作扇

一片綠雲影裁成扇合歡秋風猶未至拂處已生寒

黃鸝

如梭穿葉底人羨爾忘機莫弄如簧舌春風有是非

蔣靜如

靜如興安人

吳楓

勁直異羣楓亭亭四季濃堅操欺白雪寄葉傲剛風一任吳江冷孤標楚岸紅松梅堪作友何物更爭雄

興安縣志云東鄉有五代丞相鄧濂墓山上古楓一株大十餘圍高六七丈經冬不凋春來新葉既生舊葉始落與他楓迥不相侔居民無敢擅採葉者邑人多歌詠之

唐氏

氏臨桂人黄東昀室

觀奴婢治小圃

小圃稍疏理何須計丈尋圍牆五畝宅種樹十年心廢棄誠堪惜勤勞自足欽汝曹休憚役他日被清陰

外生日

夫君别我去明月六回圓顏色應如舊風塵也可憐斑衣異地舞弧矢此朝懸再拜檀爐下遥賡介壽篇

曉起

曉起從梳洗春光欲困人好花風雨妬乳燕葺巢新課婢拈絲緉呼郎問字頻幾回閑徙倚紅雨落階塵

初夏欲歸寧爲風雨所阻

颯颯湘簾外沈沈風雨來四山雲羃歷芳徑水潆洄歸鳥飛難遠繁花折更開倚閭應望切惆悵誦南陔

春日

一片春光耀板扉輕風微雨釀芳菲池塘新水魚苗出衡
宇踈簾燕子飛鄰媼剛談桑柘去村娃試采蕣茶歸初溫
天氣沖融甚好試青箱舊嫁衣

讀陳維坤賣書詩次韻

覗天夢夢迴難知流落人間幼婦辭下筆當年聲定咽拂
箋今日我還悲朱樓紈綺福偏厚華寶娉婷數轉奇一事
差能稱快意詞場佳話播芳徽

題虞美人畫

芳原嬌豔自叢叢何似當年在楚宮寫入畫圖籠護好莫
敎更遇大王風

XD2379
:19

三管英靈集卷五十二

福州梁章鉅輯

北京圖書館藏

閨秀

黃氏

氏貢生黃聘女教諭潘兆萱室

書家信後寄外

含愁書紙尾遠寄桂江隈相見知何日庭花落又開

怨歌

折花插膽瓶花謝委衢路棄置本由人只道風姨妬

羅　氏

氏字裁雲臨桂人　　廖易麓室有紫桂吟草

自感

摘得園蔬供一餐雙眉誰與倚欄干書生生計憑經篋館穀收來歲已殘

靈邑延兒閱試文寄屬

爾由童子試中來今日衡文漫逞才午夜挑燈頻撿閱心花多少待風開

羅　氏

氏字柔嘉桂平人傅澄室有蘭心詩草

海棠

宵深燃燭照紅影覺迷離花有十分色愁應獨自知日高春睡足風細曉妝宜蜀國佳名在無煩杜老詩

瓶花

折得鮮花三兩枝玉瓶斜插最相宜無根亦有容顏好得水仍同雨露施風動書篇枝嫋娜月穿窗紙影離奇不愁零落隨波去繡閣銀屏共對時

秋懷

簾捲西風待月來無端心緒幾徘徊經旬不到東籬去瘦盡黃花只獨開

四時閨詞

捲簾新燕舞翩翩小立欄干思悄然偶怯餘寒添半臂又隨蝴蝶到花邊

紅窗眞欲爲蕉迷永晝沈沈琴幌低閒覓茶經邀士女薰風吹遍畫樓西

一夜西風攪樹忙朝來涼意入梳妝推窗試看秋園色開到芙蓉葉有霜

圍爐相對意如何瀲瀲金杯緩緩歌爲問同羣諸姊妹阿誰咏雪得詩多

冬夜不寐

繡幙風寒夢不成五更扶枕對長檠無端觸起閒心緒欲看梅花天未明

朱庭蘭

庭蘭字仙香臨桂人直隸永定河道朱應榮女同邑貢生廖大闓室

擬梁簡文夜夜曲

月明不解事夜夜照空牀對汝團欒影那知人感傷

江南曲仿梁簡文作

雨絲風片江南春柳花飛棉桃花新韶華百五春宜人春宜人且歡飲酒浮香鱗鱠錦

歎疆場擬隋樂府作

邊戍捲黃埃邊人去未回閨中常寂寞春色爲誰來

秋胡婦

秋胡婦柔桑青青滿樹採桑搖動青青枝梯影人影斜陽路憶昔新嫁憐輕盈修眉皓齒蝤蠐明同心之蘭香味

淸並蒂之蓮紅房擎恩情兩好無猜耳鴛鴦雙棲鸞雙止誰知夫壻秋胡子一朝宦遊去鄉里僕夫戒途車在門驪駒一曲最消魂春愁纖纖捧玉樽離酒斟酌鶯兒溫良人驅車向郊野轡絲鞭影走征馬嗟哉封侯胡爲者淚爲生別灑盈把空房倍減妾腰圍夢魂夜夜關山飛麝蘭那復熏羅衣幾時東風吹汝歸東風吹汝吹不至年年吹送春光易春光送到儘妍媚桃花嫣紅桑條翠桑外垂鞭錦帶郎彼姝窕窈攜鈎筐青鞵步步遵微行明豔直欲奪朝陽道旁流盼偶驚羨烏鬢堆雲朱顏炫黃金相遺望垂眷金

猶解重夫人面停軺入自躭勾留陌頭人自歌爰求高堂自辦裁水周黄金請謝君贈投怱怱輪蹄更遄發行旌且指親廬歇親廬歸來將晉謁老親一一生白髮室中娉婷何所之娉婷歸傍黄昏時近前凝睇羞赧滋好花誤認他人枝美人生嗔啟櫻口五載甘心疾予首如何浪遊輕薄久千金幾忘奉阿母安能與子同塵灰白璧未許汚纖埃妾心似水妾身摧清流萬古江之隈小姑窗虛繭亂堆冰蠶絲盡增人哀嗚乎秋胡之婦何悲哉

明河篇

明河耿耿橫長天夜靜無浪天無烟月明照水淸見底星
斗近挂秋檐前中間河梁杳何處兩岸紛紛白楡樹盈盈
一水隔滄溟四顧蒼茫不得渡天上由來遜人間琴橋紅
板相往還未如銀漢阻千里欲濟莫濟摧心顏可憐牽牛
飲烏犢朝朝牽向河干牧天孫不來日已西追追望斷黃
姑目織女軋軋鳴幾時眼中淚爲生別滋灑之明河淚凝
血流水將去敎郎知年年盼到佳期至塡空多謝烏鵲翅
暫時相見還相離爭似人間少拋棄人間雖自多良宵征
夫戍邊行人遙行行關津去未返恩情都付東流漂雙星

一年尚一度歲暮坐使朱顏凋嗚呼人間空自誇河橋

隨侍家君之官北直途中作

我從十三髮覆額日習刺鳳綠窗前又從十四髮垂肩紅綵抽餘攤華箋拈針拈管無暇緣閨門未出靜且便阿爺一朝席帽捐書生被服青紫鮮阿母亦謝荊釵鈿阿兄阿弟各欣然宦遊不復孤山眠鄉閭一別增流連買來輕舟費萬錢乘風挂席齊登船船頭流水清涓涓灘江蕩漾寒碧濺自發灘江片帆懸行行又抵湘江沿湘江風景浩無邊黃鶴鸚鵡仙乎仙頃刻飛渡湘靈川山川無窮生新妍

杪

芙蓉青青入天洞庭黃河波淪漣暫時推篷相顧騃舟行氣象殊萬千舟行氣象既萬千車行又復聞揮鞭白日曜景黃沙旋啾啾昏鴉攙啼鶻征程日日北指燕太行氣勢何亘綿長途漫漫輪蹄遶眼底間亦收雲烟回首故國終拳拳桂林山色天下傳好山待我遊他年阿翁衣錦還歸田

嶺右黨人碑

君不見賢奸並立無兩全奸將蔽賢賢尤傳不緇不磷白且堅涅磨相加胡爲焉非蝌非籀鐫嵌懸攷之昔者徽廟

敦牂協洽年溫公潞公兩不朽一旦傳諸蔡京口膂碑始立端禮門黨人並列三百九詔以郡縣皆鐫名欲以大白賢奸評豈知天威畀炎火磕礚一震雷霆驚粵碑完好石爲石以手摩挲精靈叱鳩工鑿虎無缺殘龍隱蹲鼇尚嵂峯大書僕射中書郎臣京敬誌廟謨彰悠悠沈冤忠武死崖崖正氣文山揚此碑此巖莫嗟嘖憶昔初復紹聖役記得石工別贗眞應嘆人心重黑白海桑陵谷七百秋河嶽不變星雲遒青山增色粵人士銅柱標功新息侯光明磊落信可紀姓字紛紛香者紙宋四家書愧此多碧落不似

陽冰喜鵑紅啼血灘波淸幽穴峭壁烟冥冥還珠漫拜米顚石墮淚疑置羊公銘點頭太息更會意千古渭濁難流涇搨來珍重鑄金事望古不磨諸公型

在北直送外南歸省親兼赴鄉試

遊子還家意故園多所思靑山舊賓主白髮老嚴慈羨汝逢親日虧予作婦時高堂有期望好折桂林枝

早春三首

東君爾何意來去疾如飛又是一年別旋從千里歸似迎山解笑將滿水添肥漏洩指新柳靑靑條尙稀

不是苦寒意陽和氣已通先歸憐草碧半吐認花紅地漸消餘雪天纔使信風別來故巢燕將次入簾櫳

韶光那不駛送臘復迎春顏色人愁故歲華天與新餘寒猶料峭薄暖未均勻製得杏衫否應須綫著身

晚春三首

無限惜春意深深掩碧紗輕盈誰似柳憔悴我如花白日去難繫朱顏老亦嗟年來厭霜雪點染鬢將華

漸老鶯花夢流光爭似前天如吝佳日人共惜芳年到此繁華候偏爲易盡緣無聊對庭樹鶯囀一聲蟬

一夜苦摧折飛花滿塢鄉愁人是風雨過客此節光老碧陰森氣殘紅零亂粧流鶯爾何拙喚不住斜陽

秋興三首

新涼動天地隨處散清華水覺寒逾淨山憐瘦轉加夕陽襯紅樹秋色錬黃花一夜飛霜白生憎侵鬢鴉

節光去不遠生意滿林收又被西風刼翻驚逝水流蛩爭人共語雁遣客添愁無限蕭森景捲簾供遠眸

院落兼籬落盤桓深閉扉雨摧荷蓋少霜飽豆花肥瘦影鶴相伴閒情鴛下機青蘋小立久寒氣覺侵衣

秋夜三首

清極深閨裏宵長漏亦遲偎寒燈欲語報冷簟先知月到
碧闌候天橫銀漢時遙憐牛女意一度一相思

昏鴉宿寒樹夜氣莽蕭蕭人豈無憔悴天還賸寂寥笛箛
弄愁日砧杵可憐宵更覺厭鈴語淒清吟晚飇

夜窗橫八扇坐對碧紗幮鼓角寒逾急樓頭響未停鶴驚
幾點露螢聚一階星以此愜幽賞三更夢尚醒

夜坐

闌干一十二西上夕陽斜漸覺升銀魄相將透碧紗吉祥

燈暈粟清課樣翻花小婢報庭樹依依團暮鴉

淮陰侯

半生落拓任乾坤七尺多憑一飯恩有眼人能知國士何心天欲餓王孫旗張赤幟麾初定劍隱青鋒佩久溫記取三秦傳檄後不應絳灌許同論

煞羨登壇拜會秋六軍都爲刮雙眸授書自不因黃石垂釣人偏助赤劉兩字劇憐功狗號一生終罹牝雞憂何如更向淮陰隱日日高臺枕碧流

虞姬

贏得君王喚奈何虞兮一夜起悲歌帳中罷飲顏增豔垓下同拋淚幾多蓋世猶難爭土地傾城畢竟失山河綺情都付東流水淒絕烏江萬古波

蟂磯

嗚咽磯頭波浪驕千秋豪氣撼江潮惟餘水勢洶三峽那更風流數二喬廟有丹楹靈欲弔城連白帝恨俱遙夫人好武宮娃健最憶刀環侍昨宵

吳綵鸞寫韻

部分三百辨虛訛文字因緣體遍摩紅女室中惟刺鳳繹

仙窗下祇描螺誰知米似修書趣自覺花生入筆多寄語吹簫秦弄玉宮商爭及四聲和

名姝謫自蕊珠宮未了三生校字功千帙揮時煤爇綠四聲編處管題紅書情想似簪花妙譜系何曾姓葉通翰墨生涯仙眷屬他時仍在碧雲中

明妃出塞

一別君王淚暗彈單于遙嫁路漫漫萬千里外邊風緊卅六宮中夜月寒環珮飄零憐走馬琵琶幽怨訴離鸞於今豔說臙脂塞巾幗和戎自古難

螢

露氣霜華透四垌碧天如洗亂流螢山飛野火明蕭寺水落清光暗蓼汀團扇兜時裁滿月漁燈稀處補零星最憐隋苑荒蕪甚不見秋燐夜夜青

荷包牡丹

占王早冠百花枝承露依然五色施貯有金錢榆散莢綴憑綠線柳縈絲吳宮妃去粧猶膩洛水神來珮乍遺莫嘗人間裁古錦不應長吉淚投詩

有懷仲香叔香兩家兄

分得甘棠兩地栽仲香兄官羊城叔香兄官北直故鄉遙隔亙徘徊東搖碧海天俱遠北阻黃河霧未開骨肉倍增生別感胸懷知負濟時才何年更擬堂星聚黍雨人歌棣萼來

剖竹分符癒一官海天迢遞思漫漫菩提樹種知陰滿姊妹花開惜影單鴈序偏隨雲聚散蟾光空羨月團圞懷人最憶塤篪奏倚遍深紅十二闌

寄外

一別鄉閭去未回水程迢遞接山隈鐵蹄爲汝全消利青眼何人解愛才嶺樹定從他國望庭花空向故園開幾時

不負三春節君與東君約共來

繞庭芳樹夕陽斜厭聽昏林噪晚鴉千里愁思封錦字一
窗幽意鎖紅紗代承菽水君歸緩將老荆釵我欲嗟燈下
尤憐小兒女年來都解憶天涯

蠶繭紙

檢點華箋一幅輕新裁蠶繭製尤精吟情蘸綠雲痕溼好
句題紅霧縠生儘許簪花書妙格猶聽食葉帶殘聲時人
莫說三都貴自有蘭亭已得名

睡草

和烟酣睡月黄昏芳草萋萋緑到門碧色簾前看掩映黑甜鄉裏倩温存何期南浦傷離别常使西堂繞夢魂百五韶光卧遊遍不關幽恨寄王孫

鍾瑞金

瑞金蒼梧人儒剛女

冬日寄梁氏

初日照青松西山餘積雪樓上捲簾看心地兩清潔拂面受和風好音知鳥悦忽念同心人悠悠經歲别咫尺路阻修離情時藴結癖性躭歌詩誰人許優劣豈無女伴過嚋

是閨中傑膏沐懶爲容對景相思切櫓枝響中流帆葉半明滅白雲滿空江何處尋芳轍

查氏

氏號瑶溪女史臨桂人武生羅辰室有芙蓉池館集

寄寶姊

自別芳容十載餘閨中姊妹信音疎年來愁況知多少不見西江一紙書

家貧端不倩人憐鎮日寥寥思悄然新闢小園閒種菊秋來不費買花錢

三管英靈集卷五十三

福州梁章鉅輯

閨秀

陸小姑

小姑賓州人有紫蝴蝶花館吟草

寄懷滕廉齋師

雁聲度寒空停繡中夜起歲華亦云暮師承隔千里鱣堂昔求見青氊依佛子几榻靜無譁語必透宗旨追隨匪朝夕復言此別矣豈無廊廟具和聲奏宮徵但攜琴鶴歸此

情殊難已朝滋九畹蘭夕挹三湘芷女弟愧非才聞絃知所指遣寄數行書讀之增歡喜

殘菊

秋菊與春蘭品格非有二春露與秋霜慘舒則有異荒園幾枝菊籬落手自栽分栽盆盎間或者失位置菊固淡如人無喜亦無悲終風安且暴陰雨颯然至朝如紅顏寵夕若白頭棄不如夭夭年未開早憔悴胡爲恃微芳草草弄金翠行將委蓬蒿殘英尙虛綴人生有榮落八九少如意君看楚靈均異代悲賈誼陶然淵明翁自枕南山睡菊乎

爾何傷晚節永無墜

送滕廉齋師歸里

悲莫悲離别凄然欲雪天陶公歸故里梅尉自神仙風淚蒼溟遠林巒碧靄連宦囊淸若此惟有鶴隨船相送寒江畔何殊立雪時路遥歸棹急風冷促裝遲漠漠寒雲影濛濛曉霧垂隴頭花發早珍重寄新詩

留燕

疇昔春風暖翩翩繡幕來乍驚秋意動欲去竟誰催人事有涼燠物情無忌猜何如依故壘稍待菊花開

晚望

十里平沙路迢迢帶薄曛烟中盤獨鶴天末起層雲山聳餘霞絢波涵落日紋一聲漁笛晚樹色漸難分

七夕

碧落三秋迥銀河一綫横有人當此夕無處問前生白首甘抛棄紅閨憶誓盟溯從諧鳳卜長願戒鷄鳴展廟容初歛宜家句載賡燈前閑促織雨裏聽催耕砧冷衣頻搗葵香手自烹暮挑蔬半畝晨汲水雙罌質悴繁憂集勞多痼疾成霜欺兼雪虐纍弱更塵輕中道郎恩斷罡風妾夢驚

不教栖紫燕眞箇打黄鶯轉石餘脅望呼天竭至誠眼枯空淚泣心捧未分明大去慙歸璧于飛記佩瓊已難收覆水祇爲怒翻羨婦姒淒涼色覩朋笑謔聲逐臣千古恨思婦廿年情薄命聊終老微軀以罪行仳離何所懟遺誤是詩名

病中排悶

重尋筆研强吟詩病骨稜稜瘦倚支閒弟書聲堪小愈勞親慰語勝中醫藥鐺茗椀閑消遣經卷香爐好受持更喜雙鬟能解事膽瓶供養碧桃枝

滕師母招飲即席賦呈廉齋師

宮牆桃李競爭榮也許修儀拜友生女子才多關薄命詩人稿定抵成名日移竹影浮盃緑風送蘭香入座清問字六年如骨月往來閨閤不勝情

自遣

大歸眞覺做人難進退還將義命安千古凄涼惟下第一身淪落等休官樓臺差似仙居好雲壑看他世界寬淡飯粗衣隨分足吟成七字是金丹

滕師母招看牡丹即席恭賦

萬綠成圍壓碧紗小橋迴處簇紅霞最難夜月十分滿況對春風第一花顏色果然無俗韻門墻都讓冠芳華肯分更與移燈看香影高低著袂斜

荷錢

淥沼新荷似散錢幾經掄選出清漣和盤溜雨銖銖疊翠翻風箇箇圓買盡西湖三月景酬他南浦一溪烟生憎榆莢多輕薄隨便飄零陌路邊

望月

仰看月魄恨偏多圓缺光陰一夢過人壽幾何半孤負年

抄

華廿七竟蹉跎亭亭倩影空相對皎皎冰心永不磨料想蟾宮無匹侶乘風欲去伴嫦娥

仙女石 賓州

仙女依稀別玉京驂鸞來此寄幽情泉爲寶鏡梳頭出月當花鈿貼鬢生思婦何年同幻化望夫終古欠分明惟餘一片堅貞意石闕銜碑不作聲

五日懷古二首

續命絲纏重午天離騷讀罷淚潸然由來梟舌工傾覆如此蛾眉竟棄捐一片丹心洗碧水千秋角黍奠長川冤魂

到此無從洗浩浩湘潭起暮烟
賦罷懷沙烟月寒誰將砥柱挽狂瀾伍員骨瘞鴟夷冷賈誼魂歸鵩鳥難禾黍傷心雲漠漠荃蘭照影水漫漫娵娃亦抱三閭痛舞鏡孤鸞惜羽翰

病中强坐

一燈揺曳夜窗虛凭几支離夢覺餘老去鬢絲搔更短舊時詩句記多疎難祛鬼病空嘗藥欲慰親心且對書門外若來姑姊問但言今日畧如初

與嫂氏夜話

二十年來倩女魂愁懷悽切向誰論一家偏我爲休婦百歲輸君作淑媛秋月春花如夢過哀蟬淒厲半聲吞還餘到死難明意垂淚傷心不忍言

秋興

料理殘編當女功清香一炷絳帷中眼憎鷹隼欺枯草身逐鷄鵶避大風談鬼忽驚燈慘綠嘔詩何害血般紅回頭自適鳶魚趣付與忘機海上翁

春興

枉將薄命累春暉針線年高力漸微蜀道有魂鵑善哭潦

園如夢蜨孤飛明知弱蔓終難繫翻幸靈蕤只暫違一事何堪供菽水桃花時節鱖魚肥

餅笙

雲冷烟疎月滿庭笙簧微度煑茶餅高低火候均商羽清濁松濤辨渭涇雀舌茗吟金落索龍團香迸雨淋鈴悲絲急管由中發未許筝琶俗耳聽

伍大夫乞食吹簫圖

潛行載橐走窮關陌路簫聲慘客顏雲湧楚江雙鬢白月沈吳市一身閒英雄易老風塵裏愁恨難銷旅食間無限

牢騷憑幾曲不堪回首淚痕斑

秋菊

澇隨猿鶴入秋哀容易花前笑口開荒徑無人成獨往新詩有句和歸來勁如青女難相挫富比黃金不見猜枯柳寒蟬總寥落孤芳籬下足徘徊

望斷紅樓夢已遐聊將醒眼看黃花三春風信渾成錯九月霜威莫浪加遲暮祇應標晚節孤高原不識繁華誰憐人淡還如爾琴袖天寒未有涯

秋草四首

涼烟一道碧蕭騷無復青青繫客袍大野寒光鷹眼疾亂
山秋色馬頭高祇今蟋蟀悲殘菊往事蜻蜓避伯勞別館
離宮三十六舊曾行處長蓬蒿

歲歲榮枯感不禁別來南浦總傷心夷陵山上秦灰冷雲
夢陂前楚雨深何處蘼蕪重繾綣舊時蘭芷半銷沈愁看
短短如余髮歷亂飛蓬直到今

緣堤拾翠屨經過裙屐飄零憶踏莎冷雨疎烟隨處是爽
雄兒女此中多明妃塚遠今安在韓信臺荒近若何我亦
凭欄蕭瑟甚苔痕涼影上藤蘿

鷓鴣聲殘掃地空柳嬌花嚲兩無窮池塘夢繞疎燈外城闕秋生畫角中葶藶幾曾經眼綠菤葹猶自捧心紅可憐一段葳甤態虛負東皇雨露功

葛仙洞

古巖窅窱更玲瓏此日尋幽憶葛翁洞裏有天無酷暑山中何樹不清風丹爐寂歷猶堪覓雲鶴逍遙那許同仙馭杳然徒悵望一池烟水澹晴空

紫蝴蝶花原韻

鳳子何來栩栩然低依綠葉我猶憐隋家禁院多姝麗丰

韻端凝獨紫烟

秦鳳簫

鳳簫字鸞枝臨桂人河南知府秦伯度女舉人梁翰室有和聲集

讀列女傳

乾坤有清氣不獨鍾男兒游心百世間堂堂多女師西陵啟蠶織終古無寒時后稷得母教蒼生不啼飢亦粤皇輿英姊娣型同垂至哉西伯妃四德昭母儀周南第一篇千古王化基嗣是踵而起賢才分庸奇或比山之安或法地

之卑不則抱清節松栢貞幽姿不則務淵博績史而工詩
孝義忠貞志皃神天地悲賦物抒性情落筆風烟隨凡此
靈秀質皆造物鍾之至則聖賢才是及闢人爲性者學之
宗擴充貴靡遺人勝天無權立極成典彝寔須負笄珥恒
沙不足嘗雕紅刻翠儔往往叢瑕疵閨門習輕薄淑德爲
之驗白蓮何亭亭菉竹何猗猗清芬照簡册清影光門楣
逍遙幾千載心傳終寄誰天地旣生吾敢云不可追開卷
景前哲芳型俱在茲

寄外

天道信難測人事多淪桑至情痛骨肉安得不斷腸況乃
萎重萱孫子在遠方拜別曾幾時遷此罹悲傷盥饋更何
日妾命實不祥憶昔送君時挽車而彷徨孰料戴星人歸
省威奔喪君還粵之西妾留河之陽兩人一聲哭天地同
呼搶人生不滿百憾抱終天長徒憾竟何益光前惟顯揚
願留骨立身他年表瀧岡

七夕行

纖纖兮素月皎皎兮碧空霏霏兮冷露颯颯兮清風今夕
兮何夕徘徊兮闌側顧影兮離人緬懷兮靈匹銀漢兮無

波金梭兮罷織宵宵兮難逢恩恩兮易別舊恨兮未寫新愁兮已結君不見兮百子池五縷相牽有斷時又不見兮長生殿無人私語徒相期羨彼雙星兮天何長地何久年年成契闊歲歲還相耦

丙申秋由賈魯河赴淮陽舟中作

昔聞洞庭水波撼岳陽城未自故鄉來讀詩心已傾往歲渡黃河但聞流水聲鑿冰僅容棹風濤渾不驚歸時水復落河廣非定評身不作男兒破浪心徒盟安得乘長風萬里孤蓬征今雖覩舟楫何殊溝澮行併船輒相讓有舵不

能橫逢橋屢低頭有檣不得撐帽妨入戸墮肩礙當留平偶忘逢打頭搔折玉瓚琤且恨羊腸道水程若山程曲渚龍不游何來吸川鯨感此時太息激發江湖情願隨濟巨川耳後雄風生一日數千里揚帆觀大瀛

吹臺懷古

辥然吹臺剩荒址臺中管絃何處奏西來嗚咽黃河水三賢無復此悲歌十里野雲飛不起

讀弔古戰場文用鄴陽程長文銅雀臺韻

烏飛不到行人絕天陰鬼哭聲嗚咽古塞雲低秋草長實

刀零落金星滅纍纍白骨洗秋露月照當時征戰處當時征戰人不回風起沙場飛作灰

贈別

北地無煩暑關心獨晚涼吟哦愛風月珍重著衣裳斑管秋垂露青燈夜有光金華殿中客此語莫相忘

夫子赴衛源襄校賦別

風雪大如此良人欲渡河圍爐還怯冷倚馬竟高歌景物淇泉勝因緣文字多遥憐燈燼候涑筆尚頻呵

望月

波影入簾幃玲瓏欲浸衣水中人可溯天上鏡初飛到眼
燈穗抱當頭想帶圍安能補缺憾終不滅清輝

聽蟲

唧唧出花陰一聲一寸心已能醒悄夢不待聽清碪四壁
澄光黯半牀秋意深霜寒語初歇曙漏又沈沈

賦別

八載拋書史猶知第二從挽車當侍鮑齊案愧陪鴻慶喜
重闈集歸宜萬里同老萱惟弱息寸草念春融夫子詞原
正嚴親計已窮低頭情待白啟齒頰先紅左右難爲主方

圓賚折衷跽言陳子細可否聽申重不道封書劍翩然戒
僕僮傳書分紫燕拂塵問花驄畫燭添雙淚離筵亂五中
棲皇鴻爪雪珍重馬頭風憶昔歌梧鳳何心詠草蟲闕河
紆妾夢金玉望君躬飲食調誰倩興居護務工門閭應倚
徧岵屺漫升崇定省期非遠平安信早通遙思心報本也
念首飛蓬破鏡圓占月高堂壽祝嵩人爭欽孝友天豈屈
英雄坊表貞如玉勛名定鑄銅束裝無別贈學賦伯之東

題畫美人早起看花用江采蘋韻

淡鎖雙眉尙未描亂雲堆髻嚲紅綃花枝樓上自含笑不

管樓中人寂寥

夫子候試禮闈寄衣口占代信

臨歧珍重語諵諵爲寄征衣淚轉含只怕春寒瘦詩骨不愁袍袖不拖藍

納涼

輕涼入扇晚風微小東花香暗拂衣明月不來星耿耿繞簾螢火傍人飛

櫻桃 二

漫把朱櫻比絳脣由來和筍 御厨珍爲君屈指明年宴

一點丹心映　紫宸

三管英靈集卷五十四

福州梁章鉅輯

方外

全眞

全眞郴州周氏子唐至德中居湘源縣之湘山自號無量壽主人咸通中坐化壽一百六十六歲元符三年賜號寂照大師晉天福中陞縣爲州因名全州云

旋里口占

得道不歸程歸程覺有情江邊逢老嫗呼我舊時名

宋詩紀事卷九十並流載仲元詩
桂林府志崖作岸
詩人玉屑引青瑣詩話石壓崖懸二句爲衡州蔣道士詩

過鴈峰寺偈

摩尼瓦礫混塵埃多眼何曾識得來昨日西方音信至彌陀不在九蓮臺

石仲元

仲元自號桂華子桂林人宋初七星山道士有桂華集　仲元字慶宗

粵西叢載云石仲元負能詩名世傳其警句如石壓木斜出(按桂林府志木作筍)崖懸花倒生之類甚多楊徽之守湘源大稱賞之目爲玉方響天禧初將沒名門人潘著謂昨夢得句云地連錦野東西去水接朱川次第來此吾有生之患榮謝當然未喪之文子其嗣之乃盡出平生詩三百餘篇授之使傳即桂華集也

宋詩紀事載此一首及石壓筍斜出一句引桂林府志

壽陽山 桂林府志作陽朔道中

平原峯削萬瓊瑰頓罄塵沙眼漸開 桂林府志漸作暫 文網舉人霄底急未妨特特看山來 桂林府志特特作得意

鼇山道人

鼇山道人宜州人宋明道中見於宜州 鼇山在慶遠府東南

絕句

家在鼇頭最上山偶然蹤跡到塵寰不妨名利場中臥忙者自忙閒者閒

西事珥云鼇山道人宋明道中嘗臥州學諸生見而叱之荅曰莫欺閒客也會吟詩諸生授紙筆令吟云

云出門遂不知所之

契嵩

契嵩姓李氏字仲靈藤縣人慶歷間居杭州靈隱寺皇祐間入京師兩作萬言書上之仁宗賜號明教大師有鐔津集

四庫全書提要云是編爲明宏治己未嘉興僧如巹所刊凡文十九卷詩二卷附他人所作序贊詩題疏一卷卷首有陳舜俞所撰行業記稱契嵩所著自定祖圖而下爲嘉祐集治平集凡百餘卷蓋兼宗門語錄言之此集僅載詩文故止有此數王士禎居易錄稱其詩多秀句而云集止十三卷是所見篇帙更少不及此本之完備

居易錄云鐔津集中多秀句如胥忽如幽草觀身數

片雲桑柘雨中綠人煙闗外疎好山沿岸去驟雨落
花來雲迷飛鳥道雨出古龍湫明月出巳滿白雲歸
未多皆工林間錄載坡公謂契
嵩禪師多嗔人未嘗見其笑

古意

風吹一點雲散漫爲春雨漉予松柏林青葱枝可取持此
歲寒操手中空楚楚幽谷無人來日暮意誰與

湖上晚歸

人閒薄游罷歸興尋舊隱春畦行未窮夕陽看欲盡嵐光
山際淫天影水邊近自憐幽趣與清吟更長引

山舍晚歸

薄暮還精廬徐行無所並日入月還清山空水更靜彷彿
聞疏鐘倚然在西嶺寄語高世流來茲謝塵境

懷越中兼示山陰諸明士

厭見人境喧清游憶靈越東南千萬山淨青滿寥泬從來
鑑中景形勝人間絕月湛換鵝溪雲起藏書穴客子若飄
蓬遠與故人別尺素未及通芳草已云歇所悲行路難俯
仰損名節鳴鴈欲南飛寄語謝明月

讀書

讀書老何為更讀聊遣眼此意雖等閒高情寄無限錯磨

千古心翻覆幾忘飯不知白雲去春靜山中晚

遊大慈岡書書上人壁

谷裏侵雲寺尋幽到深處春過寒花開人來啼鳥去豈期草庵客日暮此相遇

送章表民秘書

一日夫子來山陲來言去別將何之清塵舊尉亦皆至時周感之同來鮮車輕珮光陸離入門顧我顏色好林下把袂相追隨笑傲姿肆意氣豪舉首不覺白日欹拂榻乃留崇宇宿紙衾猶席誠可嘆不計豐約但適美唯唯無語相拒違是

時春和二月半永夜耿耿輕寒微高談交發雅興合如瓶
注泉爭淋漓須臾促席命言志直吐胸臆擣淳詞人心不
同有如面平生各自有所爲表民卒然趨席端曰吾有志
人不知末俗淺近烏足語含哺未吐長嗟咨少從先生學
經典不探枝葉窮本基帝王之道斷可識殷盤周誥無復
疑古今事業貴適用文意述作須有規豈類童稚空琢刻
畫餅不能療朝飢十五孜孜事文字磨礱筆硯精神疲長
篇大軸浩無數慷慨但欲扶政衰前年補吏來浙右局務
冗俗不可窺傾懷欲效王霸略騏驥捕鼠非所宜錢唐大

府多達官品秩相較我最卑孟軻獨負浩然氣誰能欽袂長低眉丈夫所重以道進青雲萬里須自馳咄嗟顧我胡爲者甘以門蔭爲身資遂爲謝病遠引去遽與簪組相差池膠西董生耆可慕下帷刻苦窮書詩閒居落寞多感激所感時政生瑕玼賤臣抱節私自效作書萬字投丹墀天閽深嵩在西北引領一望雲霹靂德音畢竟不下報漫陳肝胆空涕洟嗟嗟吾生時命謬不遇當時甘佚遺龍蛇之蟄尺蠖屈萬物不時須自怡我家田園在南國亦有溪山名武夷泉甘壤黑堪稼穡歸與老農事鎡錤余與感之閒

此語精神飛動驚支頤深謀遠慮不可測滄溟無底天無
涯閭閻門前無限客摩肩踏足爭前詞暖衣飽食忞氣談
幾輩卓犖能如斯請君更前與君語何必輕沮煩孜孜嘉
穀冬收槿朝發衆物榮茂有疾遲不聞伊尹五千湯堯舜
之道方得施賢傑輕身重天下豈使汲汲營其私況當夷
狄侮中國蹂踐二鄙翻地皮將軍誅討苦未尅百萬師老
勞旌旗凶年樂歲復間作風雨霜雪猶不時天子勤政不
暇食亦待才能相補裨廟堂之上有君子聰明豈肯饒皋
夔執秉公道尊大匠裁度杞梓審參差愛君爲人性疎達

不以其教交相訾臨風明月千里別祝詞豈憚傾肝脾俗人好毀寡樂善嘉名清節慎莫虧朝廷若問平津策賢良第一非君誰

浙江晚望

暮色看無際秋空水混天片帆飛鳥外新月落潮邊隔越山形小吞吳地勢偏幾人來往老早晚渡頭船

題徑山寺

尋拔羣山外連天勢未休雲迷飛鳥道雨出古龍湫僧在深雲定香和杳靄浮人間游不到臺殿自清秋

郎侍郎致仕

平時獨高謝道勝欲韜光白髮辭明主青山戀故鄉藥畦容鶴到吟徑恐雲藏更愛禪林臥時來拂石床

汎若耶溪

越水乘春汎船窗掩又開好山沿岸去驟雨落花來岍影樵人渡歌聲浣女回滄浪無限意日暮更悠哉

書毛有章園亭

愛此園林好重來花木滋游人醉不去幽鳥語無時烟郭連芳草春湖泛綠池松篁非俗韻游子漫相期

山亭晚春

山庭晚來靜林石自巉嵒犬去吠人語花飛惢鳥銜晴烟薰茂草煦日譪高杉更喜團圓月清光下碧巖

寄懷泐潭山月禪師

聞道安禪處深蘿杳隔溪清猿定中發幽鳥坐邊栖雲影朝晡別山峯逺近齊不知誰問法雪夜立江西

歲暮還西塢寄公濟無营

乘興溪邊去仍從林下歸梅香帶春信日色暖人衣白髮思還逺淸流遇更稀野禽簷會意相顧向柴扉日色暖人衣或云日

暮入人衣

寄承天元老

淸散年來事益閒不論林下與人間禪心至了非喧靜默容何妨更往還奇石淸軒增勝趣流泉碧坐照衰顏支形脫略時機甚應笑歸來別買山

誡題 因事

高吟遠矚倚雲梯往事經心盡可題道德二篇徒自辯是非一馬豈能齊暉山眞玉傷驚火失水靈蛇畏在泥寄語冥鴻上天去凌雲羽翼莫思低

歲暮値雪山齋焚香獨坐命童取雪烹茗因思柳絮隨風起之句遂取謝道蘊傳讀之見其神情散朗故有林下風氣益發幽興乃爲詩兼簡居士公濟彼上人沖晦

簷外驚風幽鳥歸窗間獨坐事還稀初看歷日新年近喜見山林驟雪飛但憶故人能有詠寧懷久客此無衣飽昭湯老能乘興城郭何如在翠微

次韻和酬沖晦宿東山禪寺精舍見寄

襄陽習子不貪官欲友幽人擬道安冒雪履霜臨歲杪攀

蘿挽翠到雲端初論浮世慚年老夕對清規苦夜寒空感
知音何以報但誇山水富君看

同公濟艸晦游天竺兼簡呈伯周禪老

愛此蕭然松塢深詩流邀我此相尋蒼茫寒日纔開靉
靆濃雲又結陰安石放懷還劇賞皎然乘興合清吟主人
勤駐禪扉宿況值梅香正滿林

新歲連雨不止因寄公濟兼簡賢令强公

寒郊纔喜歲華新景物陰陰又一旬雲帶天低垂壓野雨
藏春晝暗迷人寄愁燈火妨明月却歎詩家惜令辰陶令

而今臥江國倚樓吟望更誰親

書南山六和寺

青葱玉樹接溪岑高閣凌虛地布金行到白雲重疊處水聲松韻淡人心

奉恕

奉恕貴縣南山寺僧

詠夏雲

如風如火復如綿飛過微陰落檻前大地生靈枯欲死不成霖雨漫遮天

退菴詩話云貴縣志南山寺擅一邑之勝宋仁宗賜額景祐禪寺僧奉恕居焉章惇貶雷州時經寓此寺流連不去嘗與僧玩景物嘆云夏雲多奇峯良不誣也奉恕因以詩諷云云按此事亦見苕溪漁隱叢話及冷齋夜話奉恕又作奉忠

歸眞子

歸眞子興安眞仙觀道人

寄桂州唐秀才

元山相見又之全不遇先生道未圓大抵有心求富貴到頭無分學神仙篋中靈藥宜頻施鼎內丹砂莫妄傳待得角龍爲燕會好來黃壁臥林泉

退菴詩話云興安縣志載宋治平初唐子正讀書眞仙觀中與道人善授方書子正領薦赴京至全州僕病不能行忽遇道人曰吾爲先生僕可乎遂荷擔行如飛别去月餘子正臥病湖陽驛道人留書驛吏視其緘云呈桂州唐秀才歸眞子謹封發書則惟一詩云云子正大驚而結語未能喻後爲邑管機宜攝倅事熙寧丙辰交趾陷城死於州治黄璧亭角龍蓋指丙辰也按此事載古今詩話惟篇首元山二字作袁州爲異耳

景淳

景淳桂林人元豐初居豫章乾明寺

桂林府志云僧景淳工詩規模淵源出於輿可

絶句

夜色中旬後虛堂第幾更隔溪猿不叫當檻月初生

又

後夜客來稀幽齋獨掩扉月中無事立草際一螢飛

退菴詩話云景淳絶句見冷齋夜話尚有隱口上人斷句云捲箔西風起於時上古臺秋聲隨葉下夜色帶烟來又寄象敦句云漁翁睡重春潭闊白鳥不飛舟自横並見歷代吟譜

尚濟

尚濟字石濤全州人自號苦瓜和尚又稱清湘道人工水墨畫能寫大意詩如其畫明季遺民也

丁卯冬廣陵王山人寫吳懋叔先生照余亦寫入圖

中題此詩並補松石

淸湘因愛梅先生令人畫一物不及時戒之恐生怪說與王生知了此詩畫債反笑圖中人另有一世界

自題畫山水

尋常多散漫曳杖思無窮偶失從前見能遲向後功山根翻石出松籟吼雲中猛自發深省寒生衣袂風

幾人乘鶴去今古一柴門不爲丹砂至居然皓首會逢迎如有意相對竟無言誰解參元旨蒼松與白猿

翰墨多流俗山川老廢人欲消千里暑且避一時塵絓沒

琴爲楄魚飛竿作綸煩君屢此過方住暑巡巡

靈山多奧祕谷口人家藏漁父偶然到桃花流水香迷途

難借問歸路已隨忘不比天台上還堪度石梁

題畫

險越藏奇勝森冥幾度林路通天一線水湧月千尋碧梵

空中構琴微屋裏深逢僧今夜話淡却許多心

題梅六首

古花如見古遺民誰遺花枝照古人閱歷六朝惟隱逸支

離殘臘倍精神天青地白容疎放水擁山空任屈伸擬欲

將謌對明月盡驅懷抱入清新
前朝剩物根如鐵苔蘚神明結老蒼鐵佛有花迎佛面寶
城無樹失城隍山隈風冷天難問橋外波寒鳥一翔搔首
流連歸興嬾生涯如此見微茫
老夫幽興不得已探盡梅花直忘歸詩句何妨任苦瘦梅
花得意不粗肥娟娟蕚綠雲中見綫綫蘭香月下微一笑
此生渾不解點睛飛去世間稀
梅花偏向蜀岡好泉水香隨第五名數里虬松翻月影半
巖古雪作雲行長江匹練低空斷遠黛青螺隔寺橫遣興

不須愁落日一枝驢背向高城
不把先天落後天澹中孤趣醉中元潭深凍合雪千尺澗
閟寒生雲半川自落自開塵跡掃乍晴乍雨性情傳幽芳
豈是尋常物何遜當時直放顛
那得春風十萬株枝枝照我醉糢糊暗香觸處醒辭客絶
色開時眷老夫無以復加情欲絶不能多得熱還孤曉來
搔首庭前看也當人間一宿儒

贈後與偕斗瞻喬梓

古寺風深列肆清一簾何必問君平十年卜易多奇中四

海攜兒舊有聲晚景幸容披短褐少年尚憶羨長綫升沈
自許能先識不用江湖隱姓名

自題蕉竹菊花卷子

天下皆秋雨山中自晚香黃花新酒熟白晝亦生涼

自題畫册

花雨浸苔逕烟光入座明蒲團今獨坐長此學無生
鐘聲松寺發粥鼓報黃昏鶴鹿同歸處烟霞未閉門

陸禹臣

禹臣字服休本河東人隐宜州之北山後居大窩修

煉以終

贈吳生

露下瑤簪溼雲生石室寒星壇鸞鶴舞丹竈虎龍蟠塵世人情窄壺中景界寬憑君高着眼物外試回觀

世路風波險人情巧智長要知安分處修性本眞常

溥晼

溥晼字蘭谷

劍閣

險絶惟雙劍迢遞一線通水分巴字峽山接漢王宮梯石

來天上穿雲入地中無知憐李特漫欲寄蠶叢

國朝詩別裁云五六極形其險結意見竊據必敗猶少陵叙公孫述之割據後云恐此復偶然臨風默惆悵是也

虎邱訪賣花老人

綫擕榔栗訪山家一路斜陽五色霞不是閒園是花國可留餘地種桑麻

國朝詩別裁云此正論也勿謂方外人作殺風景語

東　符

東符字靜林蒼梧人

老僧

衲破裁雲補蒲團久坐禪眉長孤鶴外頭白衆蕉前齒缺經聲誤心空月影圓舊栽松柏樹幹老欲參天

一齋

一齋自號呆牧子蒼梧人

獨坐

白晝空庭半掩關跏趺終日綠陰閒情疎自覺逢迎少境僻能教夢寐閒賴有烟雲供几席豈無吟嘯答溪山松窗試取孤琴弄萬慮從今次第刪

XD2379
20

三管英靈集卷五十五

福州梁章鉅輯

流寓

李秉禮

秉禮字敬之一字松圃江西臨川人寓桂林乾隆間官刑部郎中有韋廬詩內外集

退菴詩話云韋廬處富豪之境而能爲幽深澹遠之辭此其可貴幼與高密李憲喬善其內集皆憲喬所點定謂能以明嫿之質發遠之懷寫爲清泠之音都雅之奏洵非溢美袁子才亦亟稱之蓋其專學左司自成家數存稿雖夥皆出一律今每體各登數首已足見其梗概若嶠西詩鈔所載一百餘首而仍不少

遺珠則不如從署
之爲得體要也

夜坐

深宵自隱几愛此衆喧歇耿耿久未眠脈脈懷古哲古哲
不可見古書恣披閱斜月入虛幃翛然自怡悅

南樓夜坐

積雨晚來歇四山尚凝霧新水漫方塘不辨橋南路暝色
悄然入歸鳥亂無數微茫崖際燈羃歷烟中樹斗酒自斟
酌翦燭理毫素夜久聞疎鐘虛中發深悟

夏夜喜家觀巖見訪寄詹榕城

卜居臨谿水習靜少人事明月蕭然來良友亦隨至烟横
暮遠岫露冷酒空翠晤語淡相忘適情渺難寄欲取鳴琴
彈寂歷結幽思

冬夜

日入衆喧寂虛齋坐清冷攬衣步階除流連中夜景枯條
生悲風寒月照孤影啾啾棲烏驚沈沈殘漏永歲華倏已
晚窅然抱深警

清江雜詩

挂帆二百里始見臨江城延緣得佳趣愛此江水清秋林

抄

不一色遠近相送迎日暮巇沙渚緩步沙上行西風時吹衣澌覺涼意生徙倚佇明月蕭條多遠情瑟瑟楓樹林蕭蕭蘆荻花返景一照曜水底生雲霞臨流澹容與泛泛同仙槎炊烟動茆屋古木唬昏鴉舉杯招明月浩渺天一涯

晩陰四野合落日沒遠巘一氣清濛濛烟水紛莫辨遠樹閃疎燈荒村吠寒犬涼颸悄然入白露悽以泣孤燭照無眠鄉愁聊自遣

玩珠洞燕集送別子喬之鎮安

抄

下瞰無底潭上壓千尋壁石柱忽倒垂一洞破青碧山空人語響徑古苔痕積既瞻米老像還求范公蹟曠懷耿至今風流緬似昔濁醪共斟酌雜坐雲根石迴瞻隔浦帆隱隱沒沙磧水風時吹衣斜陽澹將夕偶涉已浩浩欲去仍惻惻艮會不可常況値遠行客

和茂甫雨中尋白龍洞劉仙巖諸詩

愛君鸞鶴姿夙有耽奇癖兩脚穿雲烟不怕泥沒屐因隨碧谿轉稍憩潛龍宅還傍丹崖行爲訪餐霞客磴仄僅容趾上有欲崩石溼雲凝不流飛鳥去無迹長嘯來天風高

吟激蒼壁我本倦游人閉關苦局蹐悠然動遐想仰媿凌霄翮

雜詩

抗志千載上悠然見太初頡使方寸中接物常有餘日出治吾業日入偃吾廬何必學莊叟夢覺乃蘧蘧

清明作

寒暄條云變時序互推遷今日復何日榆柳起新烟傭奴前致辭欲往展墓田睠言懷故山道里阻且緜三載歸未得祭掃殊缺然愧彼田舍兒感激空淚漣

雜詩

我園在池上草木資培養手種三小松今已高踰丈我鬢日以改松身日已長我雖無爾壽至老猶屈彊時時策杖來卧聽蒼濤響何須五粒脂妄作神仙想吁嗟鄭雲叟終古一朽壤

時聞打窻聲披衣中夜起開門步庭除木葉鳴不已青春曾幾時彫枯乃若此匪徒物有然人生亦復爾華顏與衰鬢曾不一彈指云胡日鬱鬱甘爲三彭死

僕本草澤人生有烟霞癖時攜一枝筇消却幾緉屐至老

興未減筋力已非昔不知何處峯飛向虛齋壁雲嵐各殊狀草樹同一色寒泉激石根浮翠落几席人事苦膠擾此境殊幽寂聊學宗少文卧游亦自適

人生無根蔕譬彼浮萍草飄遙逐波流聚散因風攪我有同心友遠隔千里道情知合并難目斷來鴻杳來鴻日以杳何以遣懷抱欲取素琴彈翻嗟知者少萬事付杯酒百年如過鳥相思徒爾悲速此形骸槁

雜咏

掩卷背燈坐有得屢搖膝朝來强記憶所得半已失乃知

羸病軀心力日以竭一笑姑置之翛然且閒逸
霜風吹枯條敗葉積未掃言念舊朋侶零落埋荒草泠泠
誰與聞兀坐心如擣流年不更息冉冉催吾老
去日不可追來日復相促羲娥不貸人轣轆轉雙轂何心
希長生得閒卻為福智愚與貴賤大夢終一覺
蟲吟非有悲葉落非關病誰歟使之然造物操其柄人生
大塊間逐逐空奔競所以君子懷榮枯順天命

冬日曉步園中作

老人常少寐夘乃冬夜長未明披衣起踏葉行虛廊凍鳥

倏然驚飛鳴繞枯桑數星猶在天檐瓦動晨光徑柳已衰歇籬菊亦荒涼唯有磵底松鬱鬱淩風霜羨爾色不改嗟余鬚鬢蒼歲華不我與倚樹空徬徨

羅山人畫虎歌為劉驃騎作

嶺南瘴霧多黃茅猛虎出没風蕭蕭居者不出行者止當徑一吼蒼厓高山人畫虎有深意解衣磅礴同兒戲不知君從何處看造次便成搏噬勢虎兮虎兮爾何癡山中不乏豜與麋胡為流毒在人境腹雖暫飽身已危君不見將軍飛羽能没石爾若橫行洞爾腋

題陳明府春帆惜別圖

東風澹宕西谿陌芳草萋萋違行客幾株垂柳岸邊青一片孤帆烟外白年年拋卻故山春夢裏何如畫裏真舊曾別處已陳迹愁殺河梁攜手人

營巢燕

雙雙燕營巢苦舊巢已破新巢補不惜將身涴泥土巢成力盡恆忍饑辛勤哺出三五兒日覓飛蟲掠烟水一雛不飽心不已羽毛豐滿各飛颺子去母留空繞梁左回右顧若有失夜半猶聞語啾唧不見飛來庭樹烏翻翻聯聯尾

畢逋得食反哺守故株啞啞旦暮聲相呼燕兮涎涎胡爲
乎同爲羽族天性殊誰謂百鳥之智莫爾如

環碧園爲佩之十弟作

疊綵山下園百畝云是前明宗室闢迄今四百有餘載地
主不知凡幾易臺榭傾頹刦灰冷碑碣剝落苔蘚蝕年年
喬木伐作薪惟有青山不改色吾弟夙有烟霞癖不惜兼
金新置得刬鋤泥閉通泉源翦劚荊榛樹松栢葺亭山之
巔築屋山之側浮嵐飛翠撲簾櫳小草幽花映籬隙溪流
曲折石梁横一葉漁舟漾空碧洞口雲封鶴不歸山有仙鶴洞

眼前魚鳥渾相識季倫金谷何足數摩詰輞川差可匹逍
遥物外集朋儔把酒高歌朝復夕酩酊頹然枕石眠興酣
灑翰在蒼壁吁嗟乎人生行樂須及時俯仰之間已陳迹
由來興廢祇如此後之視今今視昔

湘江曉發

軋軋鳴柔櫓行行感暮秋曉雞催短夢殘月在孤舟炎嶽
雲中出碧湘天外流一聲南去鴈惆悵故園愁

早發襄陽

雲樹渺無際江流日夜長猨聲初到枕客夢未離鄉古戍

吹殘角孤城接大荒鹿門何處是回首但茫茫

夏夜池上納涼

披襟坐池上日夕澹忘歸明月忽在水荷香生我衣夜涼羣動息風定遠鐘微因念塵中客翛然似此稀

送別子喬

侵曉青山下挂帆方欲行遠雲分野色去水帶離聲執手未盡語長吟空復情憑高望不見寂寞返江城

對雪呈二三知已

高閣凍雲合清樽對雪開遠連平野闊寒逼早春來柳外

鶯飛絮風前數落梅瑤華如可贈誰是郢中才

韋廬春興

小園塵不到一徑踏蒼苔竹筍穿籬出藤花臥地開鳥呼閑夢醒簾捲好山來隨意此間住春風滿石臺

月夜舟過衡州

日落月未出瀟湘生晚烟鐘聲湫何處峰色鬱蒼然露下鴈離浦江空秋在船朝來更回首蹤迹緑雲邊

對月憶子喬

之子如初月清光不可留方忻延素賞旋復動離愁遠水

獨停櫂深更人倚樓此情更誰識千里共悠悠

南樓對月懷杜生

明月悄然至清光欲近人荷香都在水夜色迥無塵蕭散閑中味優游物外身一尊懷舊侶心共白鷗馴

夜坐憶子喬

暝色散高樹夜涼人倚樓聞蛩動蕭颯對月悵夷猶驛路逢新鴈江城入暮秋知君定相憶指枕夢悠悠

題故開元寺

松楸拂微霄到來詩景饒碑殘紀唐歷寺闢自隋朝塔影

立斜照鐘聲迴達竇幾多人世感會向此中消

重過山寺

一筇隨所適山徑獨尋來樹已如僧老花仍傍水開佛燈長不滅城鼓暮相催更欲尋前迹牆昏長綠苔

棲鶴樓憶子喬

有鶴曾棲處因之名此樓泉聲來檻底山影在城頭又是三秋別惟餘一賦留壁間有子喬棲鶴樓賦何時得相見天末思悠悠

瞻鶴洞

疊嶂橫林杪攀援石徑微松花如雨落山鳥避人飛洞古
雲常宿天空鶴不歸樵歌何處起極目送斜暉

山家

扶藜轉山麓步步聽流泉猿擲林梢果人畊屋上田澗花
紅照水原草碧生烟便擬移家住依巖結數椽

池上

晚涼坐池上不覺已更深月色忽臨水秋聲多在林風枝
棲鳥墮烟寺遠鐘沈延佇渾忘寐莎蟲伴冷吟

小園

小園花落盡新竹翠扶疎地僻無來客天晴自曬書開窗
納遠岫引水灌嘉蔬眼底饒生趣悠然物外居

楚江漫興

垂柳飛花入暮烟江天春望最堪憐美人幽怨鳴瑤瑟客
子歸心聽杜鵑衡嶽千重雲際出瀟湘一葉鏡中懸櫂歌
未斷漁歌起浩渺鷗波傍醉眠

送春

淺碧池塘水漸肥捲簾何計惜芳菲春從細雨聲中盡蝶
向餘花落處飛拾翠忽生前度感消魂似與故人違御嫌

鶯老偏無賴啼破濃陰綠四圍

宋梅生觀察新齋落成招同葉琴柯趙篴樓兩方伯宴集

小榭椶亭結構新一時冠蓋集茲晨暫拋案牘渾閒事且對湖山作主人簾捲不驚花外鳥酒香初漉甕頭春老夫別有濠梁興獨凭回欄看戲鱗

陳哲臣孫壻自鄉試至廷對俱策名第一喜而有作

三試標名俱第一昂然奪得鳳池春　熙朝又見無雙士從古相傳有幾人邊徼奇峯推獨秀太邱清德本超倫謂其

（高祖文恭公）自憐垂白頹唐叟頓覺門闌喜氣新

閒居遣懷

老懶經旬常不出閉門兀坐擁書堆百年未了身爲客一卷纔開睡作媒壁上琴懸存古意甕頭酒熟瀉深杯落花滿徑春垂盡又見巡檐燕子來

登樓

老去登樓力不支扶行聊復藉笻枝繞城山色明如畫近水梅花瘦入詩渭北江東人別久風淒月冷鶴來遲凭欄獨立空凝望且盡澆愁酒一卮

舟夜

暝色上秋樹扁舟泊江渚夜靜風颯然落葉如人語

讀史

王孫得志時千金酬漂母一飯不敢忘主恩寧獨負

題韋石同子喬作

寥寥太古心結此一片石塵中那能見蒼然入詩格

東江城樓春望

七星巖倚白雲隈雲映屏風面面開惆悵二華君不見隔
江青翠欲飛來

樹隱人家水掩隄昔家洲上草萋萋裴公亭榭今安在惟
有鷓鴣盡日啼
遠岫平林翠靄濃望春懷古意彌重樓頭徙倚不歸去日
落一聲何處鐘

雜興

樓外方塘春水生樓頭山色淡烟橫閑雲幾片欲作雨隔
樹幽禽時一鳴

題畫

片帆搖漾碧波間望竹森森灣復灣絕似湘江江上望斷

雲一角是衡山

絲絲垂柳映烟迷烟外扁舟繫柳堤髣髴舊時離别處相思江上子規啼

人間那得覓仙鄉鷄犬雲中事杳茫夾岸桃花隨處有莫教重誤捕魚郎

峯前峯後鎖嵐霏野寺荒涼靜掩扉烟際小橋溪上路濛濛細雨一僧歸

溪樹青黄照眼新溪光如鏡淨無塵小舟撑過斜陽岸只見蘆花不見人

三管英靈集卷五十六

福州梁章鉅輯

朱錦

錦字心池湖南　縣人乾隆三十年拔貢生官廣西知縣還家桂林有春風草詩集

登獨秀峰山房

秀峰拔地千丈青屹然一柱撐蒼冥其下若斷六鼇足其上可摘高垣星一亭危立山腰裏石磴盤紆疊青紫蹣跚策杖一登臨萬井樓臺歸眼底倚欄長嘯天風生山鳥飛

抄

竄山猿驚白雲一片穿亭過我欲乘之游太清太清亭午曦輪赤茫茫大地洪爐炙可憐十萬荷戈人猶披鐵甲攻堅壁我亦新從賊壘來青山當面猶疑猜烽烟不見炊烟起倦眼覊懷次第開驀然古洞蕭牢吼寒氣逼人身欲抖下山一步一回首他日重來須載酒

陸川城南温泉歌

春風靈液驪山嵁茲水乃在瘴縣南我來招客共休澣肩輿小住陶公籃平生山水喜幽討矧茲城闕非遐探城南主人亦好事展麓覆幬深如庵是時二月朝旭暖水邊官

柳皆毶毶消寒久已畫九九修禊何待詹二三渺然一身得春氣過此五步皆寒潭振衣濯足起三嘆水經許泊真妄談茲泉湧出不擇地渝州駱谷烏足參淸流合納繡嶺影華堂玉甃相吐含湯殿千門極淸祕御溝一道長洲涵繡襱朝臨日華動凝胭夜洗春江酣卽今一鑑闢半畝野人飲馬來驂驔顧影婆娑獨鸞女浮光顯淡皆瘴嵐或言五嶺號炎徼鬱蒸如此何人堪焉知碧湘秋色外亦有羅帶齊玉簪寒酸自愧熱腸在或與水仙堪同龕未能依暖效汀雁胡取守凍如春蠶西江迎我久憂涸南粤酌予甯

抄

非食臣盧敖山亦有此頗聞潤愧林亦慚觸熱何禪叟哇苦流膏要使春陽覃愚溪之愚亦偶爾柳州之夢誰同甘

比干墓

諸父奴庶兄走臣罪當誅臣心可剖剖心血濺天王衣天王不顧惟呼酒血一腔酒一斗酒血模糊天地昏狐狸上殿豺狼吼一聲驚起磻溪叟

登普陀崖亭

我生不能登太華之高峰手捫日月騎蒼龍又不能乘槎泛瀛海直入三島尋仙蹤胸懷抑鬱不能暢夢魂夜夜縈

青嶂故人憐我拉我游置我縹緲百尺飛亭上亭前矗矗石骨蒼亭下莽莽秋草黃魚鱗萬瓦枕山股虹梁一道浮清江隔江紅塵十丈起塵中車馬紛如蟻那知萬山深處白雲中有人獨把欄杆倚人生行樂真良圖況有知己相嬉娛雞蟲得喪偶然耳攢眉悒悒胡爲乎君不見山中無數殘碑碣古人姓字誰能說游客欲歔捫緣苔西風澗水同嗚咽乾坤萬事等蜉蝣逢場只合把金甌金甌倒蘸天光淫長鯨怒吸秋江秋興酣起舞發長嘯肅肅天風吼萬竅亂飛落葉打人頭半山落日山猿叫僕夫整馬催人歸

欲去不去空依依步出松林一回顧暮烟隔斷來時路

信陽道中

小徑曲如弓車行似轉蓬雲陰半嶺日霜老一林楓古戍
短橋畔孤村碧澗東柴門捫虱坐閒殺白頭翁

夜坐遣懷

捲幔過殘雨披襟來好風一星螢火碧吹墮竹林中四顧
悄然靜寸心誰與同微吟聊遣興不必苦求工

夜坐懷高二響山時赴思恩

斷虹收雨去雲淨碧空開涼月出深樹疎鐘落遠山森然

秋氣動頗爾俗情惆悵望同心客星軺何日還

秋懷和孫顧崖明府韻

着罷殘棋懶不收坐聽風起戛簾鉤疎砧斷續誰家院一箇清淒何處樓人隔三湘頻入夢書沈六皖又經秋家大兄在安徽眼前不少彈箏客誰爲檀奴散旅愁

啓鎮南關納貢恭紀四律

聖人柔遠惠南蠻勅許三年一啓關萬木夾雲開貢道高臺迎日儆朝班貔貅列隊軍容壯鵷鷺分行禮數嫻披髮夷臣恭謹甚拜瞻咫尺凜天顏

昭德臺高寶幄張龍斿鳳織煥恩光北門鎖鑰今戎閫南
國君臣古越裳黃錦筵盛金字表碧油盤捧水沈香也知
上國無需此泥首堦前倍悚惶
宮扇回時日向晨青衣高唱徹重闈庭開瘴霧熊羆靜座
擁東風豸繡新貢使入門心凜凜行人捧東致彬彬禮儀
卒度分行立又見推恩待遠人
冠履分明體肅然夷官俯首就青壇高擎金葉紅絨綴爭
佩銀牌絲字鐫佳茗浮香分盞勸蠻音結舌倩人傳小臣
何幸躬襄事一統華夷祝萬年

抄

秋夜感懷

一窗冷雨滿簾風坐看蘭膏墜玉蟲披老方知書有味乍寒翻評酒無功病餘神似庭前菊吟苦聲如砌下蛩此際老妻應未寐淒凉千里寸心同

亢村驛旅舍題壁

半榻清風一椀燈此心已覺冷如僧隔牆釵釧鏘然響又落聲聞第二乘

衡鑒堂書事四斷句

戰蟻聲酣聽不眠夜堂深已隔人天五星檐角依依影不

照青衫已二年
桃李新陰未易期自攀嶺樹自尋思看花雙眼頻頻拭恐
是秋風桂一枝
榕門政學重淸時當代詞人恐未知回首讀書巖下路莫
將蒼翠換胭脂
泣玉當年有卞君粤山靑自楚山分瓊瑤辨後還磨洗怕
有哀猿哭嶺雲

水月洞納涼喜許密齋至

攬衣坐石雲生袂掃葉烹茶乳泛杯大暑已如酷吏去淸

風恰有故人來

王塤

塤字叶箎一字樂林乾隆間廣東樂昌縣諸生原籍江西寄寓桂林

怨歌行 二言

雙飛黃鵠並行白鹿彼歡此欲思滿意足百年一矚雲翻雨覆高陵深谷夏寒冬燠君情輿輻妾心晝燭絃斷易續水流難復泉清泉濁郎心郎目厚蹐高跼哀哉煢獨

裁衣曲

涼風吹繡闥夜色淒嬋娟攬衣起嘆息宛轉房櫳前皓腕約金釧華鬟飾翠鈿寒機裂異綺玉案展齊紈刀剪裁錯落鍼線紝纏綿仰盼長河沒遙瞻零露溥夜深指爪澁道阻情思牽錦襟將誰遺縞袂匪余捐燈前細熨貼用意一何專繫以合歡帶扣以同心環願隨明月輝流影照君筵

雉子班

雉子班班羅兔羅野田飛雀何其多朝食麥暮食禾嗟爾遭坎坷我欲拔劍救汝出陷手無斧柯雉兮奈何

古風

孤蓬遇狂飆飛入青雲端須臾迴風發吹墮泥淖間泥淖雖云濁暴烈有時乾孤蓬一沾濡遂爲終身患丈夫不自立依人良可嘆

高山何峩峩下有清冷泉澗旁九節蒲久服成神仙世慕不死草移根栽市塵灌漑失本性泥淤汚芳鮮憔悴不自保安可望延年

齋中素心蘭

久居塵囂中傲廬厭齷齪何期素心人嗌肯適我屋氣味結淡交化盡胸襟俗日暮清風來餘馨襲案牘默對兩無

言相喻在幽獨

古詩

漢帝求故劍韓侯惜敝袴鄙物何足珍重在不忘故初與君交時握手肺肝吐雲路偶驤騰昂首不回顧雲龍逐四方風馬隔中路桃李雖芳菲不爲松菊慕

雜感

亡羊牧豎憂得鹿樵夫喜得失本尋常憂喜胡爲爾吾觀大化中利害兩相倚禍福俱無門唯人自召耳嗟彼樊棘蠅營營曷時已

可憐干將劍熒熒淬秋水淪落豐城中沙泥瘞獄底豈不騰光芒氣冲牛斗紫但恨張華殂九京復誰起

寫懷

鳳凰食竹實鴟鴞棲桑陰各自東西來飛鳴載一林執弓者誰子經過懷好音金丸不忍彈恐傷同巢禽同巢實異性相知貴在心

感遇

杜宇啼何切一聲腸一絕怨慕宛多情含悽訴明月清輝不鑒臨寒夜空啼血林薄饒荊榛藐躬何處歇空道不如

歸已是無家別戀戀在枝頭哀號達明徹

讀史有感

范叔未入秦嘗受笞擊恥馬卿初還蜀竟爲傭保鄙季子空歸來金盡嫂不禮買臣困樵蘇貧絕妻終委英雄羅迍邅憂填溝壑死一旦身顯榮聲名駭閭里丈夫居田廬誰能測舉止屈伸當有時會須靜以俟

操懿稱奸雄煌煌帝王功孔孟處仁義兀兀賢聖窮范滂受奇禍爲善遭凶終華歆盜美名賣國竊侯封鬼神不福善雷霆亦畏凶報施淆是非禍亂相爭攻古今無鑒戒後

人將何從呵壁問蒼天著書徒虛空
美玉山中璞良材爨下薪世無卞與蔡疇能識寶珍古來
豪傑士往往遭沈淪伍員藏蘆中漁父憫孤臣韓信釣江
滸漂母哀王孫庸流有卓見與世亦殊倫英雄生曠季須
逢知遇人

田家雜詩

長孫十餘歲塾課前村鄰讀書非不佳虛僞失其真幼孫
挽兩髻左右恒相親田間偶拾穗澗底時垂綸天機了未
化日御黃犢馴老農本魯拙畊作還樸淳常恐儒生輩浮

華誤終身田家尚忠厚智術非所論

擬古

鄠杜少年子繡衣雕錦袍身騎大宛馬頭插侍中貂象弧弭魚服射獵園南郊韝鷹脫臂起展翅摩雲霄盤馬彎角弓獸肥春草嬌霹靂應弦鳴雲中落雙鵰生飲黃獐血笑食華雉膏椎牛享壯士百萬犒從勞蠻靴挾小隊左右雙妖嬈日暮乘醉歸華堂燈燭高

良驥恥伏櫪爽鷹思凌霄健兒昔從軍絕域長征徭結髮數十載銜枚夜度遼飛騎縛左賢匹馬破天驕猨臂嗟歎

奇功成歸遂蔿羽書西北馳召募赴臨洮據鞍左右盼意氣猶雄豪手持丈八矛直擣黃龍巢功名期頗牧爵祿輕蕭曹傳檄定四夷威名麟閣標勿使燕然石獨紀霍嫖姚

寒夜醉飲放歌用查初白賦謝顧書宣餉藥酒韻

北風號嘯鳴竈籠一身如臨千仞波門前犬吠戀竇穴枝頭鵲噪爭巢窠勞人已臥復起坐撫几還拈霜毫呵呼童取火爇爐獸安排酒兵攻詩魔虛窗秉燭形對影但知飲酒不知他左手執觚右提榼借茲糟粕驅寒痾清香繞鼻可人意滿瀉綠蟻浮青螺果物自有棗榛栗殽核何必雞

鴨鵝數厄入腹枯腸潤四肢漸覺回溫和青髩發赤兩耳熱白面泛紅頳顏酡須臾酒醉詩亦就從來樂事此無過釀甕任情倚舸睡睡壺隨意敲和歌常酬我欲學北海不飲誰能從東坡請看古來英雄士山邱零落將誰何人生在世貴適意妙香但繞曼陀羅翻譯名義集曼陀羅此云適意一石醉用五斗解得來真趣艮云爹茫茫浩刼倘能避沙數我亦知恒河

次日復酣飲醉後狂言倒用前韻即書宣酬初白謝藥酒韻

扼槊每思傾天河但恨鼠腹飲無多巨觥在手便吾願滿飲何必金巨羅百年光陰一瞬耳挽戈當奈白日何出門預愁道路遠崎嶇況乃羊腸坂不如銅斗坐飲酒手拍銅斗烏烏歌金貂換酒良有以鸘鷞買醉誠非過安得中山千日釀性靈常養顏常酡紛紛情事了無涉昏昏夢寐交相和人生只合醉鄉老誰耐醒作幽瓶鵝陸放翁詩醒然頓作幽瓶鵞牖間陣圖戰螻蟻堦下蠻觸爭蝸螺偶然有悟發狂叫壘塊一澆從前病縱有癡人與身事我自爲我他還他拔劍斫地氣慷慨遠逐窮鬼驅愁魔興來復發故時態冥中豈

愇神鬼呵久厭窗室局手足當假天地爲廬窠舞罷摩抄雙醉眼仰視皓月流金波夜深人靜風雪緊臥聽逢逢寒更鼉

題秋林風雨圖

山鬼呌嘯秋陰凄黃羆跳躑元猿啼空林寂靜溪水急風雨颯拉摧枯枝淋漓雲氣生慘淡虛堂白晝寒凄凄昔年馳逐荒郊道狂飈虎怒哮馬蹄四山落葉捲煙霧迷濛不辨東與西今朝披圖膽猶慴是耶飛耶神魂疑襄陽米顛不世見知誰妙手開新奇意匠獨闢經營苦筆底造化天

地稜昏霾鬱濛大野晦冥氛薇翳秋陽曦安得平地一聲
雷蕩淨烟霧懸清輝

八月十五夜月下醉歌

銀河倒瀉落九天洗出團圞白玉盤金波瀲灩流瑤彩秋
水泠泠生暮寒瓊樓高負不可步雲端自有登天路曾向
仙人借斧柯斫却月中丹桂樹月中仙人嗔我癡暫時謫
下廣寒榆人間一住三十載不見秋風生桂枝虛名僧眼
成烏有良夜迢迢杯在手人生幾見月當頭與來且醉今
宵酒一曲高歌酒一斗

述懷

羅浮四百八十峰中有仙人名葛洪丰姿如鶴顏如童珊
珊骨格吹天風藥爐丹竈渺何處芒鞋踏遍青芙蓉琪花
瑤草滿巖谷白雲縹緲玉華宮山鬼徙從獻白璧世人何
處尋赤松秦皇漢武媢仙術每遣方士求虛空文成伏誅
五利死徐市葬身波濤中

愁思

愁思如飛鳥山涯忽水涯有生皆逆旅無夢不還家時事
詩書拙歸期歲月賒遙憐小兒女夜夜卜燈花

舟夜

推篷望烟水渺渺大江波岸遠雲裁斷天空月占多濤聲吟興壯夜色醉顔酡憔悴孤舟客生涯聽榜歌

擊楫

擊楫向中流蒼茫古渡頭風霜雙短鬢天地一孤舟紅樹啼猿暮蒼葭宿雁秋寸心同逝水不盡古今愁

遊普陀山寺

亂山圍古寺一徑入雲邊四壁皆危石孤亭別有天疎鐘酬雅韻落葉悟空禪欲訪棲霞客普陀不數武即棲霞寺前林起暮

烟

遊仙六律和蘇東序無題韻 并序

蘇子東序東莞俊秀也性豪邁善詩文壬寅冬以非罪被逮迄今六越月矣感憤悲涼咏無題以自遣摛詞鮮豔寓意深微玉溪生之遺響也屬余次和念予賦命不辰遭家多難顛連困苦無所投誠回憶當年宛若仙凡迥異因效郭景純游仙諸什借題寫意撫境興懷雖棘句蕪詞難學邯鄲之步而美人香草竊附楚澤之吟

消息無端絕世塵浮槎逐浪訪仙津三千金界空中邑十

二境樓夢裏身滄海總非前日境天台不是舊時春人間亦有窺牆女未許芳心託比鄰

銀漢橫空一水歧含情脈脈不勝悲蘭香去後空留簡萼綠來時祇贈詩愁撿神方教駐景病偷靈藥解支頤蓬瀛弱水三千里欲駕鼉梁待幾時

鴛衾鴛枕久低徊別思離愁暗裏催雲雨情疑巫女去波濤夢險洛妃回自從赤水遺珠後誰向藍田種玉來想像前因添懊惱雙眸凝血寸心灰

寓嘆

哀鳴黃鵠困林坰世路誰爲阮眼青木骨竹頭皆有用牛溲馬渤豈無靈橋邊孺子驕黃石市上英雄辱白丁今古茫茫何限淚一聲長嘆付蒼冥

功成只合退歸廬烏盡弓藏事可歔十載遺讒悲市虎一時遲技悞黔驢張儀盜玉留疑跡陸賈懷金得謗書蘭有國香王者貴當門自取俗人鋤

觀安南王阮光平入覲

一從降表奏明光

詔領藩封入未央南粵趙佗終去號扶餘張仲只稱王飛

烏何用征交趾白雉重看獻越裳欣見
聖朝恩澤溥窮荒鑾徼盡封疆
星軺萬里越燕都賓從威儀漢大夫九郡河山新印綬百
年冠服舊規模禹庭玉帛敦王會晉國風雲啓霸圖阮叔山右
布衣凜凜
天威顏咫尺須令銅柱識金樞

懷李松圃

灘江之水珠江流美人家在灘江頭青磬數聲午夢兒名
香一縷春情幽旗槍茗陣臥花戰船櫂醉鄉邀月游何時

襆被更相訪笑談坐我元龍樓

三管英靈集卷五十七

福州梁章鉅輯

王延襄

延襄字子陽原籍直隸武清人寄籍桂林有草堂詩稿

轆轤朱絲繩一首

轆轤朱絲繩雙垂挂井甃機械兩相牽銀瓶汲清溜汲多古井水生花青溪小妹住鄰家園中紅桂樹花開秋月流紅霞幽香吹繡幕飛繞銀瓶索花外冶游郎玉佩芙蓉鍔

淡鴉裙子倚前門亦似含羞亦戀恩貽將錦緞綢繆意上
有鴛鴦雙繡痕雲有章河有漢蠶吐絲魚成貫縈縈一綫
繫同心井底水枯情不斷

駱哲桂

哲桂字栖雲原籍廣東樂昌人棄諸生流寓平樂居
鳳凰山麓號武溪逸士有西來吟草

上黃泥峽

行抵黃泥峽碧崖閣在望此去不二里濤頭怒相向積石
截狂瀾出沒逞怪相夾岸危峯峙俯仰勢揖讓懸岸絆古

蔴覞覘駭欲降舟行緣其房陰晴忽殊狀幽壑吼陰霾凜
凜疑霧瘴八月秋風颯股慄思綊纊我從峽下過慘戚神
不王嘗見沙磧中覆瓫悲破舫敗篷泣嫠婦斷岸集舟匠
估客咸失色屏息形凋喪況乃經秋霖河流發新漲片帆
衝洪濤一葉破巨浪嶙峋鬼頂露偶觸魚腹葬性命寄篙
師覩此亦悽愴賈勇奮肩朋一步一呼唱峭壁互响答聽
之聲悲壯縴夫一何苦膝行扳青嶂紆迴出危途始見平
波淺舟子競喧嘩涉險偶無恙晚炊亦已久稍稍傾村釀
昏暮抵崖閣那復尋幽曠回首瞰江濤驚定還怏怏

題關印亭繪贈烟林竹石圖

印亭山翁善畫竹胸羅千畝人不俗興來爲余寫瀟湘滿幅琅玕戛蒼玉猗猗幾處拂雲根咫尺已得瞻淇澳七賢六逸行樂地面壁恍入篔簹谷筆力追踪文與可無怪乎生鄙食肉惟余清貧瘦到骨差喜雅稱此君屋

過瀑布峽

天垂疋練挂江干萬馬奔騰響激湍別浦早聞驚遠籟扁舟訝得縱奇觀浪花散雨晴還溼水氣生風晝亦寒未識廬山眞面目飛泉百丈此間看

老屋

連甍比舍早推殘斗室巋然賴久安繞棟燕泥堆故壘穿堦貓筍長新竿有時因樹支風勁隨意牽蘿蔽雨寒吩咐兒孫須世守綢繆牖戶莫辭難

菜花

極目青畦裏嘉蔬受氣深繁莖爭吐蕊密葉盡抽心萬頃浮香泯千叢散碎金宜供寒士饌不上美人簪老圃饒芳興劉郎得短吟平生甘淡泊采采動盈襟

胡玉藻

玉藻字泮香浙江山陰人流寓臨桂

觀打魚

方塘十畝開漁人集清曉游魚仰而出吹水圓波小淨綠不容唾目到皆了了四布罾與網銀刀亂撥掉如假一面開放生已不少勢在窮其族安能遺諸藐何如坐石上釣絲風嫋嫋取之弗傷廉食之亦足飽此意向人道定說我情矯大哉孔子仁弋不射宿鳥

重陽日遊靈峯寺

靈峯十里遥夙遊每草草霜天今日佳提壺及清曉拍馬

走西郊朝暾已杲杲野穫積黃雲澗空絕秋潦危溪轉曲折衆山下環抱行入幽深瞥見樓觀好剎啄招提門偃迎一僧老千林紛落葉秋聲颯嫋嫋花畦菊正開塔院徑初掃喜不虛此來酒杯快傾倒飽我具伊蒲菜根釜煎灝灝豆汁也時山僧以新磨菽乳去其渣滓煮蔬飼余因用此字又釋氏以灝浴身故於四月八日用豆浴佛既飽即謀歸勝地待重討還策我馬羸循溪不聞道耳寂鐘磬聲心向菩提禱何時脫塵鞅幽棲萬緣了

遊西山次蒓湖韻

烏蒙黔地有西峯去城十里許蜿蜒千山外精巖結梵宇春

泉灌藥畦夕照明花塢閒騎兩馬來笑共一僧語潯陽古名郡江流岔雙股西山據形勢逶迤兒孫俯艮友承嘉招踐約赴江浦拾級兩寺間遊屐不勝數下者樓觀新上者松石古樹杪闢虛亭坐久疑風雨衲子見客至一勺汲新乳（山有乳泉）堦除掃黃葉吹火厨下煮擎來值唇燥津潤生肺腑清風引我出出門日亭午更擬恣幽探餘勇孰余賈（山有吏隱洞尋之不得）且留未窮境以待後來補

和蒓湖主人春初小飲桃花樹下

晴光正駘蕩庭際春風孄桃萼逞妖姿臨窗映窈窕蜂蝶

各如癡頻向樹間繞飛英滿芳徑緑剩苔紋少美君有閒情攜樽坐池沼帽影亞花枝吟聲亂啼鳥惆悵武陵溪流水仙蹤杳何似醉鄉深紅霞吸清曉

上巳日雨出遊修竹亭不果集禊帖字得詩四首

永和於此日爲樂集羣賢少長齊觴詠風湍激管絃時當修禊事人在暮春天攬昔悲陳迹因懷癸丑年

左右抱修竹一亭林曲幽羣山天外合帶水坐間流與物期無盡因人豈自由春陰終日作能不倦清遊

俯仰觀天地人生若寄夫崇修雖異致靜躁每同趣浪迹

今將老風懷條所娛彭年齊未得感慨一時無
欣然隨所遇嶺外亦山陰幽趣生蘭室風流有竹林放言
懷與抱作敘昔猶今及暮天初勗蘭亭快一臨

重陽前二日遊南溪山

登高先九日信步過南溪木落秋聲急天空雁影稀雖無
黃菊酒還叩白雲扉層閣臨千仞憑闌逸興飛
青山容嘯傲坐久石床溫剔蘚尋詩句烹茶就竹根夕陽
橫野渡紅樹隔江村遙指蒲帆外沙明落水痕
仙翁今不見仙竈憶丹砂何日歸黃鶴空山滿碧霞摩崖

留口訣耕鴝有人家蘿薜紛披裹低迷石徑斜竹杖横拖處芒鞋峭緊時出山歸路近流水過橋遲雲壑人猶戀村沽酒莫辭西風吹破帽重把菊花枝

遊崆峒山

艤舟江岸緑問路入崆峒衣溼山前雨鐘來樹杪風相逢僧冷淡長揖石玲瓏只惜匆匆去千巖看未窮

人日

半月春陰不放晴卧聞檐雨滴堦聲天涯人日今如此客裏花時感易生青遶城隅山舊識緑連門巷草多情朝饑

睡起維摩榻飯煮虛廊折脚鐺

秋懷步蒓湖明府韻

落葉西風小院深夕陽紅近斷牆陰打窗急雨千山過抱樹寒蟬一個吟節竹瘦支生野趣青苹笑看起雄心荒城無那遲霜信開到黃花憶桂林

謾思勾漏服丹砂抗手浮邱衣（去聲）紫霞（洞天福地記第二十二洞天勾漏山名玉闕寶圭之天在鬱林郡北今屬北流縣也）與世周旋同磨蟻伴予寂寞是餅花紗窗淺綠移蕉補壁粉汚泥倩竹遮小築鑑湖何日遂最縈懷抱釣魚槎

抄

丹崖深闢結團庵瓢笠隨身住亦堪清磬樓頭餘夢唄斷虹霞脚失晴嵐分明親舍雲間指迢遞靈山夢裏探願約老僧修淨業饑餐菽乳十分甘烏蒙西山又曰靈山予親舍在其下昔嘗登眺於是山中老僧餉我菽乳

薜荔裁成正授衣映檐瘦日作秋暉村多社祭知禾熟陸川今歲大熟座有鄉人說蟹肥紉秋先生也叅把私恩叨地主酒兵無力封愁圍一家蹤跡湘沅外底事天涯不早歸

題景風圖

留雲捲雨閣崔嵬三面紅蘭絕壁開清磬一聲穿樹出亂

山千點入城來崖前石犬呼難應江上春帆去不回莫向琴徵尋舊趾久無人問馬王臺

避暑曾攜酒一缾手招仙客飲玻璃琴環北郭烟霄近涼拂南薰枕簟知遊屐今來芳草碧青山獨坐夕陽遲十弓新闢招提境雪壁爭題過客詩

泊象州夜雨

鷁舟百尺立風檣山色蒼蒼水氣涼一夜臥聽篷外雨無人解說似瀟湘

夾岸青山管送迎半篙添綠水初生睡餘支枕看篷底山

不來時船未行

婁純

純字適郇浙江山陰人流寓北流

梨花

漠漠春陰久閉門一枝帶雨又黃昏賣餳天氣尋詩路挑菜人家禁火郇看到欄邊渾是雪夢爲雲處最消魂香清粉白誰能侶桃李知難與共論

桃花

幾株灼灼映柴門翦碎紅綃㣲有痕到得成陰空惹恨生

來薄命總無言東風兩槳誰家渡流水斜陽何處村人面至今還在否賺他崔護又消魂

白菊

西風人夜洗鉛華開到陶家稱意花薄有色香聊自傲少留清白與人誇幾枝瘦骨臨風立一片疎籬帶月斜散盡黃金成皓首素心相對老天涯

西施

傾國無端付一顰西施原是越功臣如何勾踐平吳後不見黃金鑄美人

朱繩曾

繩曾字寶仙湖南人錦子流寓臨桂縣

古結愛曲

流水結堅冰東風凍自解郎心非金石安能常不改白日過浮雲常此耿耿在願得結郎心爛石枯蒼海貽君雙明珠聊以結區區貽君香豆蔻聊以結叩叩貽君翡翠衾聊以結殷殷貽君雙玉卺聊以結悃悃願君同妾心如縷穿雙針願君同妾意如花開並蔕願君同妾歡碧玉雙連環願君同妾隱瑤琴聯玉軫鶼鶼翼常比佳木枝連理但得

結郎歡荼苦甘如薺郎愛不可結憂愁對誰說

春江花月夜辭

春波瀲瀲春花燦夜色溶溶花兩岸水光蕩漾月華新月色朦朧花影亂花香月色滿艕艘當年珠翠迷春江枝頭水面花千樹天上波心月一雙牙檣繡幔珠簾捲李花偏逐楊花發樓船歸去野蒼蒼剩有黃花一片月看花對月奈愁何隔浦猶聞玉樹歌莫將往事傷懷抱好景當前莫放過濛濛香霧花枝重滾滾春濤月不動忍拋美景付東流鏡花水月同春夢殘雲風捲碧天青琉璃萬頃同晶瑩

月色映花花映水江頭一夜春情深月正團圞花未謝可憐一刻千金價急需行樂趁良時莫負春江花月夜

詠菩

病久經旬客到稀風風雨雨掩柴扉數聲啼鳥夢初醒滿地落花人未歸書幌乍驚青到眼畫欄小立冷生衣故鄉閬寂閑庭院應較當前綠更肥

陳宏略

宏略字治山浙江人其子隸臨桂籍

舟泊篔簹夜聞灘聲

谿流不可極徹夜鳴哀湍吞峽勢方急撼天聲未殘山靜虎豹懾月落星斗寒嗟哉逆旅人聞此發悲嘆浩氣塞太虛壯志凌雲端安能長鬱鬱聽彼與波瀾

上元前一日句容道上遇雪

平生志馳驅艱苦昔多遘朅來句容道正值上元候燈火散春星笙歌聒耳奏鼓腹何其歡我行獨貿貿大地朔風號吹我肌骨透雪花大如掌片片襲襟袖罷驢策不前路滑堅冰厚誰憐驢背人一側梅花瘦

鞋山行

鄱湖浩浩負無垠鞋山一點湖中蹲湖外諸山咸拱極巘岩犖傒朝至尊上有浮圖高七級雲輿半向天門入琪花玉樹自成林森森都是神人宿八月長風自北來濤飛浪走聲如雷奔騰澎湃勢莫遏康郎推倒匡廬頹波㠯出沒隨風浪往來馳逐不可狀天命兹山為砥柱萬年行旅皆無恙吾聞昔有西來釋九年面壁廬山眷功成折葦渡江歸特留隻履標奇跡化作奇峯肖此形至今猶貯貝多經一聲清磬梵音起夜半蛟龍出水聽

龍平阻風

北風吹壓天雲黑浪花捲起如風直極目江天萬里餘茫茫一片空濛色嗟哉此際舟中人連宵野泊愁何極雙親楚越兩懷憂青衫遊子淚沾臆明發蕭條耿不眠瀟瀟夜雨聲相逼咫尺江州路不遙猶如千里愁難即寄語石尤君且去休教人觸心中棘

題僧舍

曲徑環幽趣危欄倚翠微山光動逸思花影空禪機夜月牀前滿晨鐘雲外稀下方城郭迴應與世相違

泊紫洞村

何處堪停棹來尋紫洞村清波浸石檻紅葉打柴門隔院聞山犬疎林嘯野猿茫茫塵境外彷彿近桃源

舟次飛來寺

古寺何時建飛來作異觀烟霞千仞合紫翠一林盤嵐淨江天曉灘嘶日暮寒相看孤客意愁思正漫漫

別葛維嘉內兄

甬越未爲遠別離休愴然千山青不斷一水碧相連魚鴈隨潮至蟾蜍看月圓臨行無所祝莫惜縷雲箋

齊雲巖

纔識齊雲勝峯峯列畫屏煙霞迷徑路紫翠繞門庭水到巖前碧山來雲外青相看眞不厭頓使客舟停

童溪鋪夜泊

已出嚴灘口篙師不肯前山橫青到地水下碧連天烟鎖荒村樹金鳴野戍船誰憐飄泊處無酒幾曾眠

秋懷

壯志隨潮落新愁逐雨來色絲何用泣岐路已堪哀李廣難逃數馮唐枉負才請看溪畔鷺飛去又飛回

濟水寒將落風高欲化鯤愧無六月息難上九重門香稻

炊餘粒新芻買剩樽夜深殘卷在擬共短檠論

青天不可問搔首到何年自分溝中棄誰能胯下憐有詩

聯白社無戒破紅蓮漸覺塵心淨多難早悟禪

萬木黄將盡千山綠已焦獨留松桂質不逐蕙蘭凋人定

天能勝心堅鐵可銷盈虛何必問曾聽浙江潮

憶我錢塘上江潮怒正酣浪花噴雉堞水氣捲山嵐鱸鱠

情猶繫蓴羹味可貪故人今作宰一醉擬歸探

俞光耀

光耀字裒文杭州諸生流寓桂林有自怡集

過天仙湖

雲水互爲一風帆天際撐秋光千頃白山影幾重輕浪湧⿰犭龟拋春氛横蛤吐精茫茫無畔岸聊倚月邊行

苦黔行

彌月行苗地常懷孔懼思披星晨撥劔帶月暮提綏路險輕車滯峰危駿馬遲如何漢丞相聞道屢經師

寥落黔南道難禁羈旅情郡城烟火冷官路兎狐行粟聽風霜熟人如草木生衣冠不相見非獨野農驚

僕夫頻戒旦萬里策征鞭匹馬風塵色千山瘴霧天徘徊

雞背嶺感慨馬跑泉不歷人間苦誰知造化偏荒邊一望竟何地可勾留經歲途常溼延旬霧不收山窮無草木人富但羊牛日暮征鞭急蹄涔滿眼愁

雞鳴關

一鞭臨險思紛紜立馬關前萬竈分天插奇峰扶日月地埋深澗臥烟雲蒼松盡作虬龍勢曲道全成虎豹文僕僕輪蹄誰肯後鳴雞何用太殷勤

自滇南入粵西道

馬首嘶風走萬山愁懷入粵更難刪道無官驛行人鮮路

有䌛詩過客艱匝地荆榛悲歲月連天瘴霧怯間關筋骸
萬里磨霜雪又向乾坤見一斑

長樂鄭氏藏書之印

北京圖書館藏